FSC
www.fsc.org

MIX

Papier aus ver-
antwortungsvollen
Quellen

Paper from
responsible sources

FSC® C105338

Für Dich!

Das Buch

Bruce Held - Rezept gegen Fernweh

Bruce begleitet seit Jahren seine Menschen auf ihren Reisen und notiert sich dabei alles.

Der Verdacht liegt jedoch nah, dass er sich mit dem Bücherschreiben erfolgreich vor dem lästigen Blätter harken im Herbst drücken will. Um Ausreden ist er nie verlegen.

Warum er nicht von der Brücke in Mostar springen möchte, kann er sehr überzeugend begründen.

Über den Sinn von Fernsehsendungen zum Thema Heiraten, macht er sich wie immer seine eigene Gedanken.

Sein Rezept gegen Fernweh ist einfach umzusetzen und kann vielen Menschen in diesen Tagen helfen.

Mit dem Verkauf seiner Bücher möchte er reich werden, und sich einen Porsche kaufen. Was noch sehr lange dauern kann.

An dieser Stelle sein herzlicher Dank, dass Sie ihn dabei unterstützen.

Der Bär

Bruce ist waschbar, mittelbraun und außerordentlich gutaussehend. Er hält sich selbst für einen Rassebären und neigt gelegentlich zu Übertreibungen.

Bruce Held

Rezept gegen Fernweh

Lesen statt Reisen

Fotografiert und aufgeschrieben
von
Gitta Gampe

Bibliographische Information der Deutschen Nationalbibliothek

Die Deutsche Nationalbibliothek verzeichnet diese Publikation in der
Deutschen Nationalbibliographie: detaillierte bibliographische Daten
sind im Internet abrufbar über:
http://dnb.d-nb.de
© 2020 Gitta Gampe

Herstellung und Verlag: BoD – Books on Demand
Norderstedt

ISBN 9783752669831

Inhaltsverzeichnis

Mama, ich kann Dir nicht helfen beim Blätter harken.

...?[1]

Weil ich gerade an meinem neuen Buch arbeite!

Außerdem muss ich mich auf neue Reisen vorbereiten!

...!

Nicht? Warum denn nicht??

...!

Wie, das würde ich sowieso nicht verstehen? Ich verstehe alles! Ich bin ein sehr verständnisvoller Bär!

...!

Wie heißt die?

...!

Corinna?

*Streicht **Corinna** von seiner Freundesliste.*

So, erledigt. Corinna ist nicht mehr meine Freundin.

Wir können los, ich liebe es zu verreisen!

Sucht seine Badehose und seinen Schal.

...!

Wie jetzt? Das ist komplizierter als ich denke?

...!

Mir erklärt ja nie einer irgendwas.

Versucht nicht zu resignieren.

Schreibt mit.

_____

[1] Mama, aus dem Garten rufend.

Alles wegen Corinna

Moin meine lieben Freunde, schön, dass Ihr alle wieder dabei seid!

Ihr habt ja gehört was meine Erziehungsberechtigte gesagt hat. Im weiteren Verlauf des Buches werde ich sie wieder Mama nennen. Auch wenn sie nicht meine richtige Mama ist. Weil ich ja in China genäht wurde, zur Information für alle unter Euch, die das nicht wissen. Reisen ist also nicht mehr möglich, sagt sie. Nun wollte ich mich endlich wieder neuen Abenteuer stellen[2] - und dann kommt diese merkwürdige Corinna plötzlich von irgendwo her und nichts geht mehr.

War die bei Euch auch, diese Corinna? Also wegen der dürfen wir nun nirgendwo mehr hin, sagt Mama. Gerade noch bis vor die Tür, was einkaufen oder zum Arzt. Die liebe Nachbarin, die immer auf unser Haus

---

[2]...oder aus dem Weg gehen, je nach Schwierigkeitsstufe.

aufpasst, wenn wir weg sind, darf sich uns auch nur noch bis auf zwei Meter Abstand nähern[3].

Und wir sollen uns was vor den Mund und die Nase hängen, damit wir andere nicht anstecken. Anstecken? Womit denn bloß? Fragen über Fragen. Als ich deswegen beim Bärenamt angerufen habe, bin ich gar nicht durchgekommen. Immer nur die Ansage, „Der nächste freie Bärater ist gleich für Sie da!".

Scheint alles sehr kompliziert zu sein und sicher ist nur Eines, soviel habe ich schon mitbekommen, keiner weiß was Genaues. Auf jeden Fall gibt es kein anderes Thema mehr, nur noch Corinna, wohin du guckst. Aber ich werde dran bleiben und Euch berichten, was ich noch herausfinde in dieser Sache.

In den Nachrichten zeigen sie uns nun immer viele Zahlen und Balken, damit wir sehen, wo die Corinna schon überall hingekommen ist. Von inzi..., imvizier..., also von Plüschtieren die sich bei ihr angesteckt haben, gibt es noch keine Zahlen und Balken.

Ich denke mal, wir sind also nicht betroffen von Corinna. Aber ich werde das später mit dem Bärenamt noch klären. Einer soll mich bitte nachher daran erin-

---

[3] Stand März 2020, wird sich noch ständig ändern, bis ich das Buch fertig habe.

nern. Das machst Du am besten da drüben, ja, Du mit den hellbraunen Plüschohren!

So, wo war ich? Wir dürfen also nicht mehr einfach irgendwo hinfahren wo es schön ist, oder wo wir schon immer mal hinwollten. Mmmmh.

Was macht Bär also, wenn er nirgendwo mehr hin darf?

Wenn er zur Untätigkeit verurteilt ist sozusagen! *Dramatisiert etwas.*

Mama sagt, ich neige ständig zu Übertreibungen und ich könne ihr nun ebenso gut beim Blätter harken helfen.
Natürlich legt sich jeder vernünftige Bär aber erst mal ganz ruhig hin, um die neue Situation zu überdenken.

Das kann dauern.

Das kann lange dauern.

Das kann sehr lange dauern.

Wenn jeder vernünftige Bär damit fertig ist, reckt und streckt er sich ausgiebig. Allmählich wird es ihm langweilig, außerdem ist das lange Rumliegen nicht gut für sein Fell.

Dann sortiert er seine Hemden nach Farbe.

Fertig. Hab ich gemacht. Ging schnell.

Dann zählt er seine Bäros[4].

Fertig. Ging noch schneller.

Danach sortiert seine Porsche-Fahrzeuge nach Größe in der Vitrine und staubt sie gewissenhaft ab.

Dauert etwas länger.

Später schaut er gewissenhaft nach, ob es noch genug Vorräte für die mit ohne Fell[5] gibt. Bestellt sicherheitshalber jede Menge Honig, geistige Getränke, Hartwurst und Klopapier. Nein, keine Sorge, ich werde mich zum Thema Klopapier nicht äußern. Das wird in nächster Zukunft sicherlich sowieso das bevorzugte Thema von Studierenden in vielen wissenschaftlichen Untersuchungen und Doktorarbeiten werden.

Nachtrag zum Thema: Porsche. Wer von den geneigten Leserinnen und Lesern heute zum ersten Mal ein Buch von mir in den Händen/Tatzen hält, kann es natürlich nicht wissen, was es mit dem Porsche-Entstauben auf sich hat. Sobald ich durch den Verkauf meiner Bücher reich geworden bin, werde ich mir einen Porsche kaufen. Und alle meine lieben Freunde[6] dürfen dann mitfahren. Und weil das schon sehr viele sind,

---

[4] Ein Bäro entspricht einem Euro. Leichte Wechselkursschwankungen sind möglich.

[5] Also meine Menschen, bei denen ich wohne.

[6] Befreundete wäre korrekter, oder? Egal.

und ich mir die Reihenfolge auch nicht mehr merken kann, habe ich eine Porschemitfahrliste (PML) erstellt, da stehen alle Namen meiner Freunde drauf. Mittlerweile habe ich allerdings vergessen, wo ich die hingelegt habe, also die Liste. Ich werde ja auch nicht jünger. Ich bin auch nur ein Bär!

Nachtrag zum Thema, genug Vorräte:
Einige meiner Hardcore- Fans haben sicherlich wieder gut aufgepasst!
Meine treuen Fans wissen nämlich, dass ich gar kein Verdauungssystem habe. Ich bin ein Plüschbär, gutaussehend, waschbar, was aber nicht nötig wäre, also das mit dem Waschbaren. Wenn ich sitze und mich nicht strecke bin ich ca. 26 cm groß. Plüschbären haben natürlich grundsätzlich kein Verdauungssystem. Ist doch klar, das weiß doch jedes Kind! Aber manchmal nasche ich doch irgendwas, rein virtuell, wenn es der Geschichte dient. Und Folgendes müssen die Neuen auch noch wissen, und dann kann ich endlich weiterschreiben wegen der Corinna-Sache.
Ich habe damals einen Auftrag von meiner chinesischen Näherin mit auf meine Reise bekommen: Ich soll alle meine vierhundertdrölfundzwanzigbärollionen Brüder und Schwestern wieder finden, die damals mit mir in Hamburg ankamen. Nach einer langen und furchtbaren Reise im Containerschiff wurden meine Geschwis-

ter und Gebrüder umverpackt, und in alle Richtungen weitergeschickt, mit unbekanntem Ziel. Und weil wir alle nichts zu schreiben dabei hatten, geschweige denn Smartphones, um eine „Wasn-los-Gruppe" zu bilden, haben wir uns aus den Glasaugen verloren.

Muss sich mal eben die Nase putzen und über die leicht verschrammten Glasaugen wischen.

Ich schweife wieder ab.

Wo war ich? Ach ja beim Nicht-mehr-verreisen-dürfen.

Was soll ich jetzt in mein neues Buch schreiben?

Ich denke mal, das ist dieser Corinna-Tussi völlig egal. Hauptsache, die kann durch die ganze Welt kullern und alles durcheinanderbringen.

Ich weiß nun auch, wie die aussieht. Ich hab Fotos von ihr gesehen! Die zeigen sie jetzt nämlich ständig jeden Tag im Fernsehen. Sie ist rund, klar, dann kann sie bessern kullern, und hat so rote Zipfeln rundherum.

So! Zeigt wie die Zipfeln aussehen.

Also mein Typ ist die nicht, kein bisschen plüschig. Irgendwie total unsympathisch und geltungsbedürftig. Na ja, vielleicht gefällt sie anderen Viren, Geschmäcker sind ja verschieden. Nun ist also erst mal nichts mehr mit Abenteuer erleben und vielleicht andere Brummbrüder und -schwestern wiederfinden.

Starrt ins Nichts.

Wo hab ich bloß meine Notizen von unseren letzten Reisen durch Tsüpern und Kroatien? Sonst kann ich Euch notfalls noch von meinen Beobachtungen hier im Hause berichten. Das gäbe dann einige geschwärzte Passagen im Buch und jede Menge Ärger für mich. Und das könnt ihr ja auch nicht wollen.

...!.[7]

Wie?

...!!

Aber du hast doch gesagt, die heißt Corinna!

Streicht Corinna.

...!

Carola.

Aha.

Streicht Carola aus seiner Freundesliste.

Und schon hab ich meine Notizen gefunden. Bei mir herrscht nämlich Ordnung[8]. Die Zettel lagen gleich bei den bunten Prospekten in der großen Mappe, wo auch die zukünftigen Reisepläne lagerten. Kann ich jetzt al-

---

[7] Sie ruft wieder aus dem Garten.
[8] Und Carlo petz jetzt nicht, dass ich manchmal meinen Schal nicht finden kann!

lerdings in die Papiertonne hauen, also die zukünftigen Pläne.

Wow, ich hatte die Zettel damals sogar nummeriert. Toll, das macht es nun für mich einfacher. Nur manchmal kann ich meine Schrift nicht mehr entziffern. Das passiert, wenn ich im Bus während der Fahrt schreibe. Oder nach dem ersten Glas Wein am Abend. Egal, ich krieg das schon noch zusammen. Das nennt bär dann dichterische Freiheit. Aber alles was ich aufschreibe stimmt grundsätzlich, und ich habe alles selber erlebt! Bärenwort!

Hebt die rechte Tatze.

Zur Erklärung für die Jüngsten unter meinen Lesenden[9]. Es war einmal vor langer Zeit, lange bevor Ihr das Licht der Welt erblicktet, da durfte bär sich aussuchen, wohin er gern einmal reisen möchte. Er konnte sich völlig frei einen Zeitraum aussuchen, also natürlich möglichst nicht in der größten Hitze, weil das absolut nicht gut für sein Fell gewesen wäre. Das gilt sinngemäß auch für die mit ohne Fell, also die Menschen, die uns zwangsläufig begleiten müssen. Weil wir ja ohne sie nicht immer gut zurecht kommen. Und sie ohne uns schon mal gar nicht. Die können ohne uns nicht mal einschlafen!

---

[9] Lesenden, jetzt hab ichs! Ich hebe mir die Gendersternchen für die Weihnachtsdekoration auf. ***

Damals sollte bär[10] auch möglichst nicht in dem Zeit-raum verreisen, wenn das auch alle anderen wollen auf der Welt. Und niemals im August nach Frankreich fah-ren, dann haben nämlich alle Franzosen Urlaub. Gleich-zeitig. Und auf gar keinen Fall im August nach Paris fahren.

Schreibt Euch das Wichtige bitte gleich mit auf. In Eurem eigenen Interesse. Ich kann Euch nicht von überall zurückholen.

Aber nun geht's endlich los:
Trommelwirbel andeutet.

***

---

[10] „bär" steht für man, nur zu Eurer Information.

Warum ich nicht von Brücken springe

Gerade hab ich mir überlegt, wie unangenehm dieses „Kr" am Anfang von Wörtern in meinen weichen Plüschohren klingt. Da kommt doch sowieso nie was Gutes nach: Krankheiten, Kredite, Krallen, Kraut & Rüben, kreischen, Krabbeltiere, Kröten, krakeelen, Krampf, Krümel, Kreuzfahrtschiffe, Krücken, Krieg, kriminell, Kreuzigung, Krise...[11]

Unter diesem Aspekt habt Ihr Eure Reiseziele noch nie betrachtet? Stimmts? Seht Ihr, hier lernt Ihr wirklich was. Ist nicht so wie in den normalen Reiseführern.

Ich mache mir vorher immer viele Gedanken, wie es da wohl aussehen mag, wohin sie mich auf Reisen mit-

---

[11] Danke lieber Peer für den Hinweis: Kreativität. Gerade melden sich auch noch die Kronkorkenhersteller und Krabbenfischer bei mir und beschweren sich.

nehmen. Bei Kroatien hatte ich dann meine Bedenken, wegen dem krächzenden „Kr".

Aber, liebe Freude, welch angenehme Überraschung, alles war wunderschön in Kroatien! Wir wurden nicht krank, es wurde nicht krakeelt, wir konnten die Reise bezahlen, ohne einen Kredit aufzunehmen, die Krise kam erst danach, und die paar Krümel hab ich einfach vom Tisch geschnippt.

Das mit dem Krieg hat uns ein Reiseführer in Dubrovnik erklärt. Oh je, das war schlimm! Tut mir leid, ich kann Euch das mit dem Krieg nicht erklären, weil ich es selber nicht verstehe. Erst leben alle Menschen friedlich neben- und miteinander, ganz egal an welchen Gott sie glauben oder auch nicht glauben. Sie feiern zusammen, heiraten, haben Kinder und alles könnte so schön sein.

Dann auf einmal sind alle wütend aufeinander. Kann ja mal sein, kommt ja in den besten Familien vor. Aber warum müssen die sich dann gegenseitig gleich erschießen und alle Häuser kaputt machen? Vielleicht ist mein Plüschkopf doch zu klein, um das zu verstehen.

Bei der Stadtführung in Dubrovnik weist uns der Reiseführer auf die unterschiedlichen Dächer der Stadt hin. Alle die neu gedeckt sind, wurden während des Krieges in den 1990 `er Jahren zerschossen. Einige Milliarden von Dollars, das sind die amerikanischen Bäros, wurden in die Beseitigung von Kriegsschäden der Stadt gesteckt.

Die Innenstadt ist heute autofrei und in den Seitengassen hat bär sogar noch ein Durchkommen. Wenn er seinen Bauch einziehen könnte. Kann bär aber nicht, weil er keine Bauchmuskeln hat. Eigentlich habe ich überhaupt keine Muskeln, wenn ich es so recht bedenke.

Kommt ins Grübeln.

Zurück nach Dubrovnik. Unmengen von Touristen wollen diese Stadt am Mittelmeer sehen! Dort auf der beliebtesten Straße kann man angenehm sitzen und das rege Treiben beobachten. Und einen recht teuren Kaffee genießen, aber egal. Life is short. Merkt Euch das für später, wenn wir alle mal wieder reisen dürfen, da wo es am Schönsten ist, da ist immer alles am Teuersten.

Die Begehung der Stadtmauer haben wir ausgelassen, hätte 28 Bäros pro Person gekostet, Bären wären frei gewesen, aber allein wollte ich auch nicht gehen. Siehe oben, Muskeln und so.

Ist schon lange her, aber Mama kann sich noch erinnern, da hieß die ganze Gegend noch Jugoslawien. Und zusammen mit einer Wirtschaftskrise kam es dann zu den Feindseligkeiten unter den verschieden Volksgruppen. Da waren die orthodoxen Serben, die katholischen Kroaten, muslimische Menschen in Bosnien und Herzegowina, die Slowenen, Menschen in Montenegro, Mazedonien und Albanien. Ihr müsst Euch das nicht alles merken, nur damit Ihr es mal gehört habt. Als alle noch friedlich zusammenlebten, war es allen wurscht, wer welche Religion hatte, aber als es wirtschaftlich schwierig wurde, haben sich dann alle auf einmal gestritten.

Sehr lange war Tito der Chef von Jugoslawien, eigentlich hieß er Josip Broz, aber er fand „Tito" wohl schöner. Ich heiße ja eigentlich auch Bruce, aber Bruci klingt auch irgendwie netter.

Ach ja, und apropos Krümel. Da fällt mir schon die erste Begebenheit ein, die ich gleich mitgeschrieben habe. Stellt Euch bitte vor, ein angenehmes Hotel in der Nähe von Dubrovnik, ein herrlicher Frühstücksraum mit großen Fenstern und Terrassentüren, entspannte Gäste, freundliches Servicepersonal und ein üppiges Frühstücksbuffet.

Ja, das gab es damals noch, bär ging ans Buffet und lud sich auf seinen Teller, was er wollte, ging dann wieder an seinen Tisch zurück, vorsichtigen Schrittes natürlich, um nichts zu verschütten. Soweit so gut.

Wir essen also possierlich unser Frühstück und freuen uns des Lebens. Nun kommt diese Frau, in den Frühstücksraum, die schon dadurch auffällt, weil sie nicht in die Kategorie der pauschalreisenden, mittelalten Frau passt. Sie trägt nicht die praktische Reiseuniform, die ein ungeschriebenes Gesetz der mittelalten Frau auf Reisen vorschreibt. Als da zu tragen wäre: praktische, dreiviertellange Hose, mit mehr oder weniger passendem T-Shirt, rustikale Wandersandalen, einen Rucksack, in dem nach dem Frühstück noch drei belegte Wurst- und Käsestullen, zwei hartgekochte Eier und drei Äpfel Platz haben. Dazu eine Fleecejacke aus falschem Teddyfell. Und das ist das Gute an dem Gesetz, das es „falsches" Teddyfell ist!

Nein, diese Frau trägt nun aber wallende Pluderhosen, ein lilanes Shirt, von Hand gebatikt, wahrscheinlich von irgendwelchen indigenen Völkern, natürlich gewaltfrei hergestellt aber auch überteuert, dazu Lederarmbänder und Glücksamulette, leichte Ledersandalen an den unbestrumpften Füßen. Die mit Henna rot gefärbten Haare sind etwas wirr, aber mit einem Stoffband sehr dekorativ gebändigt. Schon richten sich alle Augen der Pauschalreisenden auf diese exotische Erscheinung.

Das alles wäre alles weiter gar nicht spannend gewesen. Aber nun wird' s lustig.

Die Frau, nenne ich jetzt mal Wiebke. Ganz zufällig, ich kenne keine Wiebke, aber irgendwie passt der Name zu ihr.

Wiebke möchte draußen frühstücken, also auf der sonnigen Terrasse, obwohl es nicht wirklich warm draußen ist. Aber eben sonnig. Die gläserne Terrassentür ist geschlossen. Ein freundlicher Unterkellner öffnet Wiebke auf ihren Wunsch hin die Tür. Sie tänzelt freudig hinaus, bejubelt den herrlichen Tag, macht ein paar graziös streckende Übungen Richtung Sonne. So graziös kriege ich das nie hin.
Guckt neidisch auf Wiebke.

Sie sucht sich einen schönen Tisch draußen aus und legt lässig ihren Lederrucksack darauf. Nun kommt sie wieder in den Speiseraum, sich der prüfenden Blicke wohl bewusst, die sie skeptisch mustern. Sie nimmt das Frühstücksbuffet in Augenschein und bedient sich.
Für die Gäste im Frühstücksraum hat das nun leider zur Folge, dass sich bei jedem Gast, der an der Terrassentür vorbeigeht, diese sich dienstfrig, durch den Bewegungsmelder motiviert, öffnet. Aber, die Praxiserfahrenen unter Euch werden es ahnen, das führt unweigerlich zu großem Unmut unter den pauschal- und eher unauffällig gekleideten Reisenden,

denn es zieht ein kalter Wind durch den Frühstücks-raum.

„Es zieht!", schallt es schon vielstimmig aus allen Ecken des Frühstücksraumes! Überall wird gegrummelt. Mein Michael, ein Mann der Tat, steht auf und schließt mit geübtem Griff die elektrische Öffnung der Glastür, der Schalter ist leicht versteckt hinter einer Gardine[12]. Das wars, Tür bleibt zu, egal wer nun vorbei läuft. Zustimmendes Grummeln der pauschal- und praktisch Gekleideten. Jetzt kommts.

Unsere Wiebke kommt mit ihrem Teller, auf dem sich Müsli, Früchte und Brötchen häufen, ach ja und Rührei, natürlich von den glücklichen Hühnern hier in Kroatien. Wie Ihr seht, beobachte ich immer genau. Sehr genau!

Zielstrebig steuert sie die Terrassentür an, welche sich doch gerade noch so diensteifrig für sie geöffnet hatte.
Tja, tschidong!

Die ahnungslose Wiebke knallt voll gegen die ge-schlossene Terrassentür, mit Teller, Rührei, Brötchen

---

[12] Schreibt Euch das auf, der Schalter ist hinter der Gardine!

und dem ganzen Kram. Allgemeines Gekicher bei den Pauschalen.

Ich bin ernst geblieben, auch weil ich mitschreiben wollte, und das geht nicht, wenn bär kichern muss. Dann kann ich hinterher mein Geschreibsel nicht mehr lesen.

Wiebke kann es nicht glauben, die Tür ging doch eben noch auf?

Der Unterkellner fühlt sich in dieser Angelegenheit nicht mehr zuständig und hat sich feige zurückgezogen. Wiebke ist bis ins Innerste erschüttert, ich sehe es ihr an.

Nun kommt die Oberkellnerin, die einen sehr kampferprobten Eindruck im Bezug auf pauschale und ganz besonders auf individuelle Touristen macht. Sie erklärt Wiebke kurz und knapp das Problem, dass sich die Gäste im Frühstücksraum von der sich öffnenden und schließenden Tür belästigt fühlen. Wiebke diskutiert das mit dem Teller in der Hand, und ich bin froh, dass die glücklichen kroatischen Hühner, die ihr Bestes, im wahrsten Sinne des Wortes, ihr Bestes! gegeben haben, nicht mitansehen müssen, wie das wunderbare Rührei so langsam auf Wiebkes Teller erkaltet. Alles Diskutieren führt zu nichts, die Tür bleibt zu. Basta. Die Oberkellnerin wendet sich ab und wichtigeren Dingen zu.

Der Unterkellner nähert sich diskret aus der Deckung und führt unsere Wiebke mit kaltem Rührei und Früchten durch den Ausgang nach draußen, von dort durch den Garten auf die Terrasse, und endlich kann Wiebke sich ihrem Frühstück auf ihrem auserwählten Platz in der Sonne widmen. Aha. Nun stellt sich auch heraus, warum es unbedingt die Terrasse sein musste. Leider muss ich Euch nun die Illusionen zu den Themen ökologisch wertvoll, naturverbunden, glücklichen Hühnern und dem ganzen Kram nehmen,

Wiebke ist Raucherin. Und Rauchen ist auch in Kroatien nur draußen erlaubt. Aber nun sind alle doch noch zufrieden. Halleluja.

Nun gestatte ich mir auch ein leichtes Grinsen. Ich habe soweit schon alles mitgeschrieben, damit Ihr zu Hause auch mal was zu Lachen habt. Gerade packe ich mein Notizbuch wieder weg. Nein, nicht wie Ihr denkt, in den Rucksack, neben die geschmierten Butterstullen, das gekochte Ei und die Äpfel.

Nein, so was machen wir nicht, wir essen uns beim Frühstück gründlich satt und starten dann gestärkt in den Tag. Unterwegs gibts allemal genug Gelegenheiten für einen kleinen Imbiss, auch zur Freude der Wirte im Lande.

Wie ich so die Krümel vom Tisch schnipse, Ihr erinnert Euch, „Krümel", schubst Mama mich diskret an. Auf der großen Frühstücksraum-Bühne erscheint, tata! Wiebkes Partner. Ich halte die Luft an! Er hat den Teller auch voll geladen, Müsli, Rührei, Früchte, was auch immer, und!

Auch er rennt mit dem Teller voll gegen die für immer geschlossene Terrassentür!

Er sah seine Liebste draußen sitzen, kannte jedoch weder ihre Vor- noch ihre Leidensgeschichte, woher denn auch. Ihm erklärt wahrscheinlich auch nie jemand irgendwas.

Gespannte Stille bei den pauschal und praktisch Gekleideten! Wie wird die Geschichte weitergehen, wird er auch mit Unter- und Oberkellnern diskutieren wollen, bis das Rührei erkaltet? Ich halte gespannt die Luft an. Nein! Was macht der praktisch denkende Mann? Er setzt sich an den nächstbesten Tisch und nimmt entspannt sein Frühstück ein. Nichtraucher.

Das schreib ich auch schnell noch auf und dann gehts schon weiter mit der Rundreise. Ganz wichtig, immer pünktlich am Bus stehen! Erste und wichtigste Rundreise-Regel, immer pünktlich am Bus sein. Ansonsten zieht Ihr Euch den geballten Zorn der Pauschalreisenden zu. Das kann einem den ganzen Urlaub versauen. Pauschalreisende können grausam sein. Wenn ich es nicht vergesse, erklär ich Euch nachher noch die zweite Rundreise-Regel. Oh danke, schön, dass Du mich dran erinnern willst!

Sucht seine PML.

Nachtrag zu den Kreuzfahrtschiffen: Wir waren noch nie auf einem und haben das auch nicht in der Planung. Unser freundlicher Reiseführer wies darauf hin, dass es für die Gastwirte in der Küstenregion durch die Kreuzfahrenden schwierig geworden ist. Zwar strömen von einem einzigen Schiff Tausende von Menschen in die malerischen Orte, konsumieren aber leider dort so gut wie nichts. Sie bringen alle ihre Lunchpakete mit und verzehren die an Ort und Stelle. Zum Leidwesen der Menschen die dort wohnen auch in Eingängen zu Kirchen und Klostern.

Alles was sie zurücklassen sind nicht die dringend benötigten Bäros, sondern nur riesige Müllberge. Ja, die Küstenorte sind malerisch und sehenswert. Aber wenn du dich als Bär umschaust, und das Gefühl hast, du bist in Asien, weil du nur noch in asiatische Gesichter blickst, wird es schwierig mit dem Gleichmut. Die Menschen, die in diesen Orten wohnen, haben oft schon Probleme damit, über die Straße zu kommen, weil die Reisegruppen alles blockieren. Ja ich weiß, ich bin auch ein Teil des Problems.

Pellt sich eins von den hartgekochten Eiern.

Als meine Mama noch ganz jung war, also so vor ungefähr, *hat nicht genug Finger zum Zählen*, ist ja auch
egal, also damals hat sie auch immer schon gerne gemalt. Und in einem Reiseprospekt, damals gabs die
noch auf Papier, sah sie ein Bild von der Brücke in Mostar. Die fand sie wunderschön und hat sie abgemalt.
Wo ist das Bild eigentlich hingekommen, Mama? Sie
zuckt mit den Schultern. Na toll, aber ich würde alles
verschusseln.

Sie wusste damals noch nicht einmal, in welchem
Land diese Brücke eigentlich ist. Nun auf der Rundrei-
se ist Mostar, mit seiner herrlichen und umkämpften
Brücke, ein Ziel der Rundreise.

Der Name Mostar bedeutet übersetzt „Brücken-
wächter" und die Brücke führt über den Fluss Neretva. Nur damit Ihr das auch mal gehört habt. Müsst
Ihr nicht mitschreiben.

Die Brücke wurde im 16. Jahrhundert von den Türken erbaut. So eine tolle Brücke hatte es damals wohl
noch nirgendwo gegeben. Eigentlich sollte sie ein Sym-
bol für friedliches Zusammenleben von Kroaten, Bosniaken und Serben in der Stadt Mostar sein. Am 9. No-
vember 1993 wurde sie dann im Krieg gezielt zerstört.
Nach dem Krieg wurde sie wieder aufgebaut, mit Hil-
fen aus der Türkei, der UNESCO und der Weltbank.
2004 konnte sie dann wiedereröffnet werden und gehört nun zum Weltnaturerbe. Man hat sogar die alten

Steine, die im Fluss lagen, versucht wiederzuverwenden.

Da raufst du dir als Bär das Fell. Wie bekloppt sind die Menschen eigentlich! Und so richtig vertragen haben die sich bis heute immer noch nicht. Am rechten Ufer der Neretva wohnen mehrheitlich muslimische Bosniaken und am linken Ufer katholische Kroaten.

Apropos bekloppt. Von der Brücke springen Menschen, ich habe nur Männer gesehen, aber das sind ja auch Menschen, *albern grins*, über 27 Meter in die Tiefe in den Fluss. Das machen die schon seit ungefähr 450 Jahren. Also nicht immer die Gleichen, sondern immer Neue, ist ja klar. Es gibt regelrechte Wettbewerbe, und fragt mich bitte nicht, warum die das tun. Wahrscheinlich weil sie es können. Das Wasser im Fluss ist übrigens so um die 13 Grad kalt. Die Touristen sind natürlich begeistert und machen Bilder und Videos ohne Ende.

Ich hab dann auch mal ganz vorsichtig nach unten in den Fluss geschaut. Und sogar kurz[13] überlegt, ob ich der erste Plüschbär sein möchte, der den Sprung nach unten macht. Aber dann habe ich mich dagegen ent-

---

[13] Wirklich nur sehr kurz.

schieden. Das hätte wieder viel zu viele Pressetermine nach sich gezogen Und neue Autogrammkarten hätte ich auch gebraucht. Und dann die vielen Besuche in den Talkshows. Ich hatte auch meinen Terminkalender gar nicht dabei.

Kuschelt sich dicht an Mama.

Einen sehr schönen Blick auf die Brücke hat man von einem Restaurant, das etwas höher auf der linken Seite der Straße liegt, wo die vielen Menschen laufen. Dort kann bär sehr gut essen, wunderbaren „richtigen" Kaffee trinken und dem Trubel der Altstadtstraßen entkommen.

Versucht von seiner Feigheit wegen dem Brückensprung abzulenken.

Auf der weiteren Rundreise haben wir noch einige dieser malerischen Städte besichtigt, viele davon gehören mittlerweile zum Weltnaturerbe. Wer die Route nachverfolgen möchte: Von Dubrovnik geht es Richtung Norden an der Küste entlang nach Ston, mit seiner fünf Kilometer langen Festungsmauer, die die zweitlängste nach der chinesischen Mauer ist.

Ich hab das nicht nachgemessen, manchmal muss bär auch einfach mal den Erklärungen vertrauen. Auf jeden Fall hat Mama dort Austern gegessen! Und die waren sehr lecker, hat sie gesagt.

Dann gehts in die Hafenstadt Neum, danach nach Split ganz im Norden, das kannte Mama bisher nur als Eis am Stiel. In Split hab ich dann wieder das mit der Feigheit von der Brücke in Mostar ausgleichen können.

Unbedingt sehenswert ist der Diokletianspalast. Der ist riesig groß und bildet die ganze Innenstadt von Split. Der römische Kaiser Diokletian hat sich den als Alterssitz bauen lassen, 350 Jahre nach Christus. Wow, da läufst du dir da als Touristenbär die Füße wund, und der Kaiser lässt sich so eine weitläufige Anlage als Alterssitz bauen. Vielleicht haben sie ihn aber auch durch die Räume und Gänge getragen. So wie mich. Als die Römer fertig waren mit Split, haben die Splitter[14] den Palast in eine bewohnte Festung umgebaut.

Nun kommt das, was ich eigentlich sagen wollte, weil ich doch manchmal ein Held bin. Auch wenn ich nicht von Brücken springe.

In einem Innenhof der Festung nämlich, also dem Diokletiansspalast, haben wir dann noch zwei junge Römer getroffen. Ganz toll angezogen, genau wie damals und mit echten Schwertern! Ich habe mich dann mehr

---

[14] Splitter? Also die, die in Split wohnen.

In Split mit zwei fast echten Römern.

Hotel, sehr beeindruckend - der Leuchter.

oder weniger freiwillig dazu bereit erklärt, dass sie mit mir ein Foto machen dürfen, mit ihren gefährlichen Schwertern an meinem empfindlichen Plüschhals! Das sind immer die Situationen, in denen ich an Euch liebe Freunde denke, weil Ihr diese Fotos so gern habt.

Bruci als Held!

Ich habe die Luft angehalten, nicht, dass da noch was passiert. Mama hat den Beiden danach ein paar Bäros gegeben, was ich nicht verstanden habe[15]. Hallo? Das war mein Plüschhals!

Brummelt etwas Unverständliches.

Weiter gings nach Trogir. Ich habe mir einen lustigen Satz des Stadtführers notiert. Ohne auch nur einmal Luft zu holen, rattert der die gesamte Stadtgeschichte von 200 nach Christi bis in die Gegenwart runter. Nur um dann am Ende zu sagen, „So, nun haben wir 1000 Jahre Geschichte behandelt, jetzt gehen wir Kaffee trinken!"

Gelächter der Pauschalen, der Gag zündet wahrscheinlich jedes mal. Denn wenn ich ehrlich bin[16], was bleibt letztendlich von den ganzen Erklärungen der en-

---

[15] Wie sich herausstellte, waren es gar keine richtigen Römer, sondern Studenten.

[16] Und das bin ich immer!

gagierten Stadtführer in den Köpfen der Pauschalen hängen? Wer kann und will sich die ganzen Zahlen merken? Eigentlich waren es immer irgendwie die Römer, dann hat wieder einer alles kaputt gemacht und zum Schluss wird es Weltkulturerbe. Dann kommen die Touristen und ich.

Über Pocitelj geht es nun nach Medjugorje, dieser Ort liegt in Bosnien und Herzegowina. Das legt uns der Reiseführer besonders ans Herz, das sei ganz wichtig, es heißt Bosnien UND Herzegowina. Ich hab mir das extra aufgeschrieben. Das UND ist nämlich wichtig. Weil das Land aus zwei historischen Landschaften entstanden ist. Die eine Landschaft wurde nach dem Fluss Bosna benannt und die andere nach dem Herzogsland.

Folgende denkwürdige Begebenheit muss ich Euch unbedingt wieder ausführlich erzählen!
Medjugorje ist ein Wallfahrtsort. Wasn das?, fragt Ihr zu Recht. Ich wusste es natürlich auch nicht. Um schon mal Eure berechtigte Neugier zu befriedigen, kommt hier die Erklärung. Wallfahrtsort ist, wenn da mal Wunder passiert sind oder immer noch passieren.

Ein Wunder hab ich gleich am ersten Tag in Medjugorje erlebt. Denn wie könnt Ihr Euch das sonst erklären, Ihr sitzt Stunde um Stunde in einem Reisebus und seid durch die herrlichsten Landschaften gefahren.

Kaum seid Ihr im Wallfahrtswunderort Medjugorje angekommen, also am frühen Abend, es dämmert schon leicht, und Ihr fahrt durch die ersten Straßen des Wallfahrtsortes, kommt dann in Eurem Hotel an, seid müde, esst aber noch gemütlich zu Abend, entscheidet Euch dann noch zu einem kleinen Abendspaziergang durch den Ort: Und Eure Frau Mama findet blind sozusagen, ohne die geringsten Ortskenntnisse zu haben, wieder genau den Laden, den sie beim Einfahren in den Ort vom Busfenster aus gesehen hat, in dem im Schaufenster ein Rock gehangen hat, der ihr außerordentlich gut gefallen hat! Na? Ist das ein Wunder oder nicht?
Wartet bis sich alle wieder beruhigt haben.

Tja, ich sag nur, daran erkennt Ihr einen Wallfahrtsort. Da passieren eben solche Wunder. Mama grinst leicht, und sagt, das habe was mit Aufmerksamkeit für das Wesentliche oder auch selektiver Wahrnehmung zu tun. Sie trägt den Rock übrigens heute ganz zufällig.
Habt Ihr nochn Moment Zeit?
Guckt ob noch genug Papier im Drucker ist.

Wir finden also diese nette kleine Boutique, der Weg dahin ist von den üblichen Souvenirläden gesäumt, die es in solchen Orten gibt. Überall herrlich bunte Heiligenfiguren in allen Formen und Farben, mit Glitzer und Leuchtdioden, fürchterlich, wirklich.

In Mamas wunderbarerweise wiedergefundenem Laden gibts preiswerte und schöne Mode. Für die nicht so an Mode interessierten unter Euch, achtet auf den Unterschied, es gibt zwar oft preiswerte Mode, aber die Sachen sind meist nicht schön. Und die schönen Anziehsachen sind meistens ziemlich teuer. Braucht Ihr nicht aufzuschreiben. Die Mädels machen sowieso was sie wollen.

Der Rock passt ihr sogar, die Verkäuferin war sich sofort sicher, Mama nicht, aber er passt wirklich. Ich hab es überprüft.
Flüstert: Stretsch oben in der Taille.
Spielt mit seinem Leben.

Ich sehe schon, die Mädels unter Euch wollen nun wissen, wie der Rock aussah. Also, *konzentriert sich*, er fängt so oben an, da ist er etwas schmaler, dann geht er so nach unten, *zeigt bis nach unten*, da ist er nicht mehr so schmal, was auch gut ist, dann sind so Falten ringsherum, *zeigt ganz ringsherum und kippt dabei fast um,* und dann hat er vorne noch Knöpfe bis nach unten, die aber keinen Sinn machen, sondern nur zur Zierde sind. Und das würde ich sowieso nicht verstehen, sagt sie, weil ich ein Bär bin. Aha.

Die Farbe? Ja, so mittelbärenbraun, so wie das Fell von meinem Bruder Chulio, ach den könnt Ihr ja gar nicht sehen. Also mittelbärenbraun, Mama sagt, so zwischen Curry und Cognac. Ich kann dem nichts weiter hinzufügen. Schmeckt weder nach Curry noch nach Cognac, hab heimlich probiert.

In diesem Modeladen dudelt nicht die übliche Einkaufsmusik, die die Kunden zum Kaufen bringen soll, sondern sehr schwere, geistliche Musik, passend zum Wunder. Egal, Frauen tun Vieles für ein schönes Kleidungsstück. Ohren zu und durch. Hat funktioniert.

Das eigentliche Wunder in Medjugorje geschah am 24. Juni 1981. An diesem Tag erschien sechs Jugendlichen des Ortes beim Schafe hüten die Muttergottes und hat ihnen Botschaften gebracht. Es soll sich dabei um die Themen Frieden, Glauben, Umkehr, Gebet, Fasten und Buße gehandelt haben.

Tja, was soll bär dazu sagen. Wir waren nicht dabei. Millionen von Pilgern aus aller Welt machen sich aber nun seitdem auf den Weg nach Medjugorje. Als wir dort waren, sahen wir die Kirche und das riesige Außengelände, auf dem die Gläubigen dem Gottesdienst im Inneren, über riesige Monitore folgen können. Viele Priester saßen rund um die Kirche, vor sich lange Stuhlreihen mit Wartenden, die bei ihnen beichten wollen. In allen Sprachen der Welt. Unglaublich.

Mama hatte kurz überlegt, was sie denn einem fremden Mann in einem langen, weißen Hemd beichten wollen würde. Was sie eventuell zu beichten hätte, kann sie auch mir erzählen, und ich schreibs dann auf. Selbstverständlich in mein sehr geheimes Notizbuch. Wir haben das Thema dann nicht weiterverfolgt.

An einer Bronzestatue, die den auferstandenen Erlöser darstellt, sahen wir Menschen, die geduldig darauf warteten, dass sie diese Statue auch einmal berühren durften. Manche wischten auch daran herum und packten die Tücher, mit denen sie an der Statue gewischt hatten, dann vorsichtig in Plastiktüten und nahmen sie mit nach Hause. Wir haben uns nach minutenlangem Beobachten dieser Szenen unauffällig zurückgezogen.

Die sechs Jugendlichen, denen die Muttergottes vor nun fast vierzig Jahren erschienen war, bekamen seitdem noch immer regelmäßig Nachrichten von ihr. Sogar zu festgelegten Zeiten. Als ich vorhin dazu noch einmal recherchierte, las ich, dass eine der Seherinnen nun bekannt gegeben hat, dass Maria ihr nicht mehr wie bisher an jedem 2. eines Monats erscheinen würde. Aus diesem Grunde würde es auch keine weiteren präzisen Aussagen mehr zu weltlichen und kirchlichen Themen geben. (Stand März 2020)

Ich hatte da von Anfang an so meine Bedenken. Gar nicht mal wegen der Erscheinung an sich. Das mag durchaus möglich gewesen sein. Aber, und da bin ich der gleichen Meinung wie Papst Franziskus, der 2013 sagte. „Maria ist doch eine Mutter, die uns alle liebt, und keine Oberpostbeamtin, die uns täglich Botschaften schickt."
Dem ist nichts mehr hinzuzufügen.

Von Medjugorje fahren wir weiter nach Trebinje, von da aus geht es nach Herceg Novi und das liegt nun in Montenegro. Für mich ist das alles sehr verwirrend, und mit meinen Bäros komme ich hier auch nicht weiter. Überall wird hier mit anderem Geld bezahlt. In Kroatien soll ich mit „Kuna" bezahlen, hab ich natürlich nicht. In Bosnien und Herzegowina wollen die plötzlich die „konvertible Mark" von mir haben, die hab ich natürlich auch nicht. In Montenegro hätte ich dann wieder mit meinen Bäros bezahlen können.
Wenn ich denn noch welche gehabt hätte. An manchen Grenzübergängen müssen wir auch schon mal et-

was länger warten, weil wir die europäische Außengrenze überschreiten, und die Grenzbeamten sehr gewissenhaft kontrollieren.

Ich bärsönlich überschreite schon mal gar nichts, damit das klar ist. Weil ich ganz still im Bus sitze und mich nicht rühre. Außerdem bin ich mir nicht sicher, ob ich ein chinesischer Staatsbär bin oder durch meine Adoption hier automatisch zum Deutschbären geworden bin.

Also, still sitzen und am Besten noch die Luft anhalten. Das kann ich sowieso immer am Besten.

***

Nein, ich werde nicht von der Brücke springen!

Tsüpern, wo die Götter Urlaub machen

Nun schreibe ich eine weitere Geschichte von meinen Reisen auf, bevor diese Carola in mein Leben kullerte. Im Februar 2019 war ich auf Tsüpern. Es gab mal vor langer Zeit einen Werbeslogan „Wo die Götter Urlaub machen!" Das könnten die Tourismusfachleute jetzt besser in „Wo Bruci Urlaub machte!" umbenennen. Das zieht bestimmt noch mehr Urlauber an, als der Slogan mit den Göttern. Mich kann man nämlich sehen und anfassen, bei Göttern geht das nicht so gut. Na ja, vielleicht mit Ausnahme in den Wallfahrtswunderorten.

Nach Tsüpern kannst du als Bär nicht einfach mal so hinfliegen. Also in Deutschland irgendwo am Flughafen in einen Flieger einsteigen und auf Tsüpern wieder aussteigen.
Oh nein! Oh nein! Das muss natürlich wieder erst einmal kompliziert gemacht werden. Fragt mich bitte

nicht warum. Fragt nicht! War klar, Ihr fragt doch. War ja zu erwarten. Meine Leserschaft ist wissbegierig. Ist schon in Ordnung. Immer noch besser als Blätter harken.

Lässt zufrieden seinen Blick über seine wissbegierige Leserschaft schweifen.

Nun will ich mich gerade schlau machen und finde dieses Tsüpern überhaupt nicht im Internet. Aber der Herr Gugel ist dermaßen schlau, dass er sofort weiß, dass ich wahrscheinlich Zypern meine.

Sprachlos.

...

...

Was aber auch beweist, dass ich nicht der einzige Bär bin, der das falsch verstanden hat. Wenn ich es mir so recht überlege, bin ich vielleicht sogar wirklich der einzige Bär auf der Welt, der das Wort nicht richtig verstanden hat.

Weil ich nämlich glaube, es gibt gar nicht so viele Bären, die nach Tsüpern reisen, und danach auch noch alles aufschreiben. Also, es heißt Zypern, schlägt Herr Gugel vor, und es ist eine Insel und liegt im Mittelmeer. Also mittendrin, na fast, mehr so nach rechts, etwas.

Zeigt nach etwas nach rechts.

Also, wenn Ihr unten steht, ist es rechts. Und Ihr steht ja unten, also praktisch schon in Afrika, also südlich von Zypern.
Ist sich nicht sicher ob er das gut erklärt hat.

Wegen dem nicht einfach so hier einsteigen und dort wieder aussteigen. Das ist, weil wir in Europa abfliegen aber nicht wieder in Europa landen. Deswegen gibt es eine Zwischenlandung in der Türkei, und dann geht es nochmal ganz kurz in die Luft und schon bist du als Bär, oder was auch immer, in Zypern. Und Zypern hat einen sehr komplizierten Sonderstatus, was die politische Zugehörigkeit betrifft. Wenn Euch das interessiert, fragt nochmal bei Herrn Gugel nach. Der weiß so was. Und bestellt ihm einen schönen Gruß von mir, von Bruci, der weiß dann schon Bescheid. Wahrscheinlich könnt Ihr auch „Bruhsi" eingeben, der leitet Euch dann direkt zu mir. Held. Bruce Held.

Die Menschen die dort wohnen heißen Zyprioten oder Zyprer, das ist denen egal, macht für sie keinen Unterschied. Oh, vielleicht sind es aber auch Zyprioterinnen und Zyprerinnen. Ich hab das nicht mehr hinterfragt. Tut mir leid.
Geographisch gehört Zypern zu Asien, aber politisch und kulturell zu Europa. Ist so ähnlich wie bei mir, ich

gehöre nähtechnisch zu Asien, aber kulturell mehr zu Europa, also zu Mama.

Die Insel wurde 1974 einfach geteilt, die südlichere Hälfte heißt seitdem Republik Zypern und die nördliche Hälfte steht unter Kontrolle der türkischen Republik Nordzypern. Das könnte mir als Bär nun eigentlich völlig egal sein, wie die Teile der Insel genannt werden, weil es eine traumhaft schöne Insel mit freundlichen Menschen und herrlichem Klima ist. Aber zwischen den beiden Teilen der Insel haben sie eine dicke Linie gemalt in grüner Farbe. Und da darfst du auf keinen Fall drauf treten, sonst kommt sofort ein Soldat und guckt dich sehr strafend an.

Habe es gerade nachgelesen, die Friedenstruppe der Vereinten Nationen haben die Aufgabe, diese Pufferzone zwischen den beiden Teilen zu bewachen. Die Hauptstadt Nikosia wurde auch geteilt, genauso wie damals Berlin. Die älteren Bären und Menschen unter Euch werden sich noch mit Grausen daran erinnern. Nun gehört eine Hälfte von Nikosia zu Europa und ist sehr griechisch und die andere Hälfte ist türkisch geprägt.

Wir haben dann dicht am Grenzübergang in Nikosia mal auf die europäische Seite geguckt. Aber es sah dort drüben genauso aus, wie in der Fußgängerzone einer deutschen Kleinstadt, C&A, Douglas, H&M, Mac

45

Donalds und wie sie alle heißen, diese Ketten. Also blieben wir auf der türkischen Seite, und hatten das was wir wollten, türkisches Essen, Moscheen, Karawansereien und orientalisches Treiben.

Um das Durcheinander komplett zu machen, mischen die Briten auf Zypern auch noch mit. Ihnen gehören dort noch sogenannte britische Überseegebiete, die sie natürlich unbedingt brauchen, wegen dieser ganzen Geheimdienstsachen, die ich sowieso nicht verstehe. Bär kann doch sowieso alles überall nachlesen oder auf Gugelörth anschauen. Die britische Kolonialzeit auf Zypern dauerte von 1878 bis 1960, was man heute noch in manchen Hotels und Bars sehen und trinken kann. Und das Falschrumfahren haben sie auch da gelassen. Aber der Busfahrer kommt auch auf der linken Fahrbahnseite gut zurecht, und ich fühle mich sicher.

Er fährt uns souverän durch die Berge, zu den Leder-, Teppich-, und Schmuckfabriken. Ja, ich höre schon einige von Euch leise aufstöhnen, aber die Reise wäre sonst nicht so preiswert zu haben. Die türkische Regierung sup-, sub, also sie gibt Bäros dazu, um die Industrie und den Tourismus zu fördern. Also Augen und Geldbörsen zu und durch, für den Fall, dass Ihr nicht so viele Bäros ausgeben möchtet und einfach nur die Reise genießen wollt.

In der unvermeidlichen Teppichfabrik hat Mama dann heimlich Fotos gemacht, obwohl das streng verboten ist! Weil sie dort Angst haben, dass Mama den Seidenteppich mit den vierhundertdrölfundzwanzigbärollionen feinsten Knötchen heimlich nach knüpfen würde, oder was?
Lacht sich kaputt.

Neulich hat sie versucht mit fünf Nadeln, laut Anweisung Strümpfe zu stricken, weil sie ja nun Oma ist, und Omas müssen Strümpfe stricken, hat sie gelesen. Als sie nur noch drei Nadeln hatte und alles immer enger wurde, hat sie es gelassen, und kauft die Strümpfe wieder auf dem Weihnachtsmarkt, von Menschen, die das gut hinkriegen mit den fünf Nadeln.
Plaudert aus dem Nähkästchen.

Wo war ich? Ach so in der Teppichfabrik. Oh, es gibt eine völlig neue Verkaufstaktik, hab ich mir gleich notiert. Der Teppichfabrikchef begrüßt die Pauschalreisenden wie immer herzlich, gut gekleidet und eloquent.

„Sicher kennen einige von Ihnen bereits von anderen Türkeiurlauben diese Teppichvorführungen. Deshalb biete ich Ihnen an, dass Sie anstelle der Vorführung unsere Cafeteria besuchen und dort die Zeit verbringen."

Das Angebot ist fair und völlig neu. Was glaubt Ihr, wie viele der Gäste davon Gebrauch gemacht haben? Na?

Wartet.

...?

Ha! Falsch!

Keiner!

Tja, die Neugierde ist halt immer stärker und die Angst etwas zu verpassen ist groß. Oder auch nur um sehen, wer von den Anderen sich einen Teppich zulegen wird. Oder den kostenlosen Apfeltee zu verpassen. Und nein, Mama hat keinen Teppich gekauft. Auch nicht beinahe wie beim letzten Mal.

Unser Hotel war im Stil eines griechischen Palastes gebaut. Ich fühlte mich dort ziemlich unbedeutend, mit meinen 26 cm Sitzhöhe, bei einer geschätzten Deckenhöhe des Hotel von ca. 50 Metern. Wenn auch gutaussehend, wie mir überall zurückgespiegelt wurde, also ich. Ein gläserner Fahrstuhl fuhr vom Untergeschoss, in dem sich ein Spielcasino befand, bis ganz nach oben, vorbei an riesigen blutroten Kristallleuchtern.

Ich durfte dann einmal ganz alleine hochfahren, weil Mama mich von unten fotografieren wollte. Ich hab die ganze Zeit die Luft angehalten während der Fahrt und gehofft, dass mich niemand unterwegs klaut. Wahnsinns Abenteuer! Ins Spielcasino durfte ich nicht. War erst ab 18, also Jahre, nicht Uhrzeit.

Sehr beeindruckend waren auch die wilden Esel auf Zypern. Wenn ein zyprischer Mann zu einer Frau, egal welcher Nationalität sagt, „Du hast Eselsaugen.", dann soll sie sich geschmeichelt fühlen und ihm nicht eins über die Rübe geben. Das erklärte uns, zumindest sinngemäß, unser freundlicher Reiseführer. Denn Esel haben wunderschön geformte Augen mit langen Wimpern. Ein sehr hübsches Kompliment. Merkt Euch das bitte.
Zumindest die weiblichen unter Euch. Eselsaugen! Nicht schlagen!
Betrachtet seine kreisrunden, leicht verschrammten, wimpernlosen Glasaugen im Vergrößerungsspiegel.

Diese Esel auf Zypern sind unglaublich schlau! Nachdem der Reiseführer während der Busfahrt soviel zu den Eseln erklärt hatte, stürzte sich natürlich die geballte Ladung der Pauschalreisenden beim nächsten Stopp auf die Esel, um sie zu fotografieren. Als wären es die exotischsten Tiere und unmittelbar vom Aussterben bedroht. Ich habe mir das alberne Treiben eine Zeitlang aus sicherer Entfernung mit angesehen.

Als die allgemeine Eselbegeisterung nachließ, und sich die Pauschalen den Getränkeständen zuwandten, bin ich dann auch mal zu den Eseln gegangen. Natürlich ganz vorsichtig. Die sind ziemlich groß im Vergleich zu mir. Ja, wunderschöne Augen, wirklich. Muss ich neidlos anerkennen. Und schlau. Sehr schlau.

Da geht doch mein Lieblingsesel mit sanftem Schritt, aber zielstrebig, zu einem Stand mit Gemüse und Obst und zeigt mit seinem pelzigem Maul auf eine Tüte, auf der steht: „Donkey-food". Eine Plastiktüte mit Möhren. Wahrscheinlich auch noch Biomöhren und auch leicht überteuert.

Tja, man muss sehen wo man bleibt in diesen Tagen.

Er weiß genau was er will!

***

Zwischen Tüll und Tränen

Wie so oft sitze ich entspannt nach meinen Reisen auf dem Sofa. Tiefen entspannt, wie nur ein Plüschbär sitzen kann. Im Fernsehen läuft diese merkwürdige Sendung, „Zwischen Tüll und Tränen", die ich nicht verstehe. Ich gebe mir sehr viel Mühe den Sinn dahinter zu entdecken.

Sehr viel Mühe. Manchmal bin ich vom „Mir viel Mühe geben" so erschöpft, dass ich dabei einschlafe!

Ihr kennt die Sendung nicht? Na gut, ich versuche Euch das zu erklären. Ihr sollt ja was lernen aus meinen Büchern. Das kennt Ihr ja schon.

Was ich bisher herausgefunden habe:

„Tüll und Tränen" hat irgendwas mit Heiraten zu tun. Heiraten ist, wenn zwei Menschen zueinander „Ja" sagen, aber das ist nur gültig, wenn das ein Anderer aufschreibt, und einen Stempel dazu auf ein Stück Papier drückt. Klingt einfach, ist es aber nicht. Wie so vieles bei den Menschen.

Ich sehe schon, ich muss weiter ausholen, passt also gut auf. Zuerst einmal sind da zwei Menschen. Menschen müssen es schon sein. Ob das mit Bären auch geht, weiß ich nicht. Aber das kriege ich auch noch raus. Früher waren die Menschen immer in zwei Gruppen aufgeteilt beim Heiraten. Also, es konnte nur von jeder Sorte einer, einen Anderen von einer anderen Sorte heiraten. Also, es musste ein Mann und eine Frau sein, um es mal für Euch zu vereinfachen. Mittlerweile ist das aber anders, nun können auch zwei von einer Sorte heiraten, also eine Frau kann eine andere Frau heiraten und ein Mann kann einen Mann heiraten.

Und ganz neu sind nun die Diversen. Das sind die, die nicht genau wissen, ob sie Mann oder Frau sind, die können aber auch heiraten, irgendjemanden eben. Wenn dieser Irgendjemand auch gerade Lust auf Heiraten hat. Mit anderen Worten, alles ist möglich.

Mein guter Freund Zac, z.B., weiß auch nicht genau, was er ist. Wenn er mal irgendwo zum Klo muss, geht er immer bei „Privat". Es gibt ja in Kneipen immer diese Schilder mit „Damen", „Herren" und „Privat". Also ist er wohl ein Privat. Aber ich glaube, heiraten will der sowieso nicht[17]. Zac ist ein außerordentlich gut aussehender Plüschhund, aber gerade familiär sehr eingespannt.

Ich denke, dass ich auch ein „Privat" bin, aber weil ich wegen meines fehlenden Verdauungssystems sowieso nie zum Klo gehe, ist das eigentlich auch völlig egal. Abgesehen davon weiß ich aber, dass Frauen oft auch nur zum Klo gehen, um zu gucken, ob ihr Make up noch an der richtigen Stelle sitzt. Und die Haare in der richtigen Reihenfolge liegen, oder ob sie was zwischen den Zähnen haben. Oh, ich schweife ab. Tut mir leid. Wo war ich?
Blättert zurück.

Ach ja, beim Heiraten. Also wenn sich nun zwei von irgendeiner Sorte gefunden haben, wollen sie manchmal heiraten.[18]
Ihr fragt zu Recht, warum wollen sie das? Tja, da bin ich auch nicht so sicher. Eigentlich könnte doch nun alles gut sein, die Beiden finden sich toll und könnten glücklich sein, bis ans Ende ihrer Tage. Oder bis

---

[17] Zac, willst Du doch nicht, oder?
[18] Manche wollen auch überhaupt nicht, niemals, aber das ist ein anderes Thema.

zum Ende des Tages, je nachdem. Weil mich diese Frage sehr beschäftigt, habe ich nun in wochenlangen Recherchen und beim aufmerksamen Zuhören, zwei wichtige Gründe fürs Heiraten herausgefunden.

1. Die Steuer

Ich hab auch erst gedacht, das ist ein Schreibfehler, weil es doch **das** Steuer heißen muss. Und wer das übernimmt von den Beiden, nach dem Heiraten. Entweder der Eine, oder die Andere, oder das Diverse. Oder beide gleichzeitig, aber das kann schwierig werden und man/frau/divers rudert dann nur im Kreis. Kommt aber auch manchmal vor, sagt Mama.

Aber nein! Es heißt wirklich **die** Steuer und das hat was mit Geld zu tun. Und mit dem Finanzamt. Jedes Jahr sitzt meine Mama mit angestrengter Miene und gespitzter Mine[19] am Tisch, und erklärt diesem Amt die Sache mit der Steuer.

Ich weiß nicht, warum die das auf dem Amt immer noch nicht kapieren, aber sie macht das jedes Jahr aufs Neue. Danach schreiben die ihr dann einen Brief, den sie mit zitternden Händen aufmacht. Ich bleib dann immer in sicherer Entfernung und beobachte

---

[19] Wahnsinn, dieser Wortwitz, oder?

ihren Gesichtsausdruck. Manchmal ist sie danach sehr wütend und sagt böse Worte, aber manchmal grinst sie auch ganz zufrieden und wir gehen Eis essen.

Ich weiß, Ihr trommelt schon mit Euren Plüschfüßen und wollt wissen, was das nun mit dem Heiraten zu tun hat. Also, jeder der irgendwo arbeitet muss was abgeben von dem, was er als Bäros dafür bekommt. Wieso, fragt Ihr zu Recht. Mama sagt, das führt nun zu weit, ich soll mal langsam auf den Punkt kommen.

Na gut, also alle müssen was abgeben und das sind nun diese Steuern. Wenn ein Mensch nicht verheiratet ist, zahlt er ganz viele Steuern und das ärgert ihn natürlich. Wenn dieser Mensch nun aber heiratet, dann zahlt er nicht mehr so viele Steuern! Fragt mich bitte nicht, was dahinter steckt, wer sich das ausgedacht hat.

Ich habe den Verdacht, dass es für irgendjemanden überschaubarer ist, wenn die Menschen paarweise gruppiert werden und dann amtlich verheiratet sind. Eine merkwürdige Sache, oder?[20]

---

[20] Ich werde an dieser Sache weiter dran bleiben!

Aber so sind sie, die Menschen, ganz merkwürdig. Und wir Plüschies müssen das alles immer wieder ausgleichen und kriegen dabei stumpfes Fell!

2. Liebe

Ich hoffe, dass ich das mit der Liebe gut erklären kann. Das haben nämlich schon Bärollionen von Schriftstellern vor mir versucht. Soweit ich weiß, war aber noch nie ein so gutausehender Schriftstellbär dabei.

Bürstet sein gutes Hemd.

Kann ja sein, dass mir dafür der Nobelpreis verliehen wird, weil ich es so gut auf den Punkt bringen kann, das mit der Liebe.

Setzt sich aufrecht hin und konzentriert sich.

Die zwei Menschen, die sich zusammengetan haben, finden sich nun so toll, dass sie keine Stunde mehr ohne den Anderen sein wollen. Das wird sich nach einiger Zeit wieder ändern, aber das wissen die Beiden noch nicht. Meine Güte, an was für ein Thema habe ich mich da herangewagt!

Bestellt mehr Schreibpapier.

Das hat was mit Hormonen zu tun, hilft Mama mir ungeduldig weiter. Aber auf das Thema Hormone kann ich nun nicht auch noch eingehen. Schreibt Euch bitte nur auf, dass das sehr kleine Dinger sind, die alles, aber auch wirklich alles durcheinander bringen. Auf der ganzen Welt! Ich hab diese kleinen Dinger nicht, deswegen sitze ich auch meist tiefenentspannt auf dem Sofa und beobachte das Treiben um mich herum.

Nun haben wir also diese zwei verliebten Menschen, voll mit Glückshormonen. Und wenn die Glückshormone mal einen Moment lang eine Pause einlegen, weil einer von den beiden Menschen gerade sieht, wie viel er an Steuern an dieses Finanzamt abgeben soll, dann kommt die Idee mit dem Heiraten ins Spiel! Wenn dieser das mit dem Heiraten aber dann dem Anderen vorschlägt, der seine Steuererklärung noch nicht gemacht hat, kann es sein, dass der/die/das dann sehr wütend wird und rumschreit: „Du willst mich nur heiraten, damit du Steuern sparen kannst!", und solche Sachen. Ups. War also ein schwerer Fehler von dem Einen oder dem Anderen.

Ich verstehe das nicht, aber ich bin ja auch nur ein Bär. Wenn auch sehr gut aussehend, sagte ich das schon? Sehr oft, sagt Mama. Nun muss der Erste den Anderen, oder die Andere oder das Andere, davon überzeugen, dass das mit den weniger zu zahlenden Steuern doch nur ein schöner Nebeneffekt sei, und es doch in erster Linie um Liebe ginge.

Das ist wirklich ein schwieriges Thema. Es gibt natürlich auch viele Menschen, die heiraten, weil sie sich einfach nur sehr lieb haben und zusätzlich einen Stempel haben möchten. Und diesen Stempel bekommen sie.

Aber wo?

Na?

...

Nein, falsch, nicht beim Finanzamt, sondern vom Standesamt! Danach fühlen sie sich dann irgendwie amtlich und sind sehr glücklich bis ans Ende ihrer Tage. Mama guckt mich merkwürdig an, irgendwie scheint das mit dem Stempel und dem Glücklichsein doch noch nicht so ausgereift zu sein.

Ich merke gerade, dass ich das alles überhaupt irgendwie nicht verstehe.

Hängt sein gutes Hemd wieder in den Schrank.

Das wird nichts mit dem Nobelpreis für Literatur. Aber ich gebe mein Bestes. Ich bin auch nur ein Bär!

Guckt überfordert.

Also habe ich weiterhin bei allen Gesprächen meine Plüschohren gespitzt. Mir kam der Verdacht, dass manche auch Angst haben, dass irgendein anderer Mensch kommen könnte, um ihnen den geliebten Partner wegzuschnappen. Mmmh. Und wenn man erst mal amtlich abgestempelt verheiratet ist, wäre das angeblich schwieriger mit dem Wegschnappen. Leute, das ist doch irgendwie totaler Unsinn, oder? Wenn da ein Anderer auftaucht, und die Hormone oder was auch immer sagen plötzlich, boah, der, die oder das ist ja viel toller, als der oder die oder das Andere, den oder die oder das ich zu Hause habe, dann hilft auch kein Stempel auf einem Stück Papier, oder?

Ich gebe es an dieser Stelle auf, das mit der Liebe und der Steuer erklären zu wollen. Dann kriege ich eben keinen Nobelpreis, macht mir nichts aus. Ihr mögt mich doch trotzdem, oder?

Obwohl, es wäre schon toll auf dieser Nobelpreisparty alle meine plüschigen Freunde gutgekleidet im Zuschauerraum sitzen zu sehen. Oder auf den Stühlen stehend und begeistert klatschen! Mama wirft mir gerade einen mahnenden Blick zu, ich solle mal langsam wieder zurück zum Thema kommen.

Aber Eins fällt mir dazu noch ein, das hörte ich neulich von einem netten jungen Mann aus dem Orient. „Ihr Deutschen seid merkwürdig", sagte er, „ihr heiratet, wenn ihr total verliebt seid, und dann wird die Liebe immer weniger mit der Zeit. In unserer Kultur heiraten wir aus Vernunft. Und dann kommt die Liebe, und wird mit der Zeit immer stärker." Jetzt muss ich nur noch in meinen Notizen nachschauen, wer mir das gesagt hat.

Wühlt in seinen Reisenotizbüchern.

Was wollte ich Euch eigentlich sagen? Ach ja, das mit der „Tüll und Tränen" Sendung im Fernsehen. Das geht also so. Wenn nun eine Frau heiraten möchte, braucht sie dafür natürlich Einen, der das alles mitmacht[21].

Bei meinen Recherchen zu diesem Thema..., klingt irgendwie sehr professionell, oder? Also bei meinen Recherchen las ich folgenden Satz: Wer sich selber liebt, kann jeden heiraten, oder so ähnlich. Bitte verklagt mich nicht, weil ich die Quelle nicht mehr weiß, aber der Satz ist wirklich gut.

Wenn nun eine Frau den Partner fürs Leben gefunden hat, kommt die Sache mit dem Hochzeitskleid. Weil, es ist nämlich nicht möglich zu heiraten, ohne sich dafür ein neues Kleid zu kaufen.

Es ist NICHT möglich, bitte schreibt Euch das auf. Ja, Ihr wendet ein, es gibt auch Frauen, die heiraten lieber in Hosen oder im Bikini oder in sonst irgendwas. Aber bei dieser Sendung geht es nun mal um das passende Kleid.

---

[21] Das dauert mir zu lange, nun immer alle Geschlechtervarianten zu schreiben. Es sind aber alle Variationen gemeint. Ehrlich!

Tja, wo ist das Problem, denkt Ihr, dann kauft frau sich eben ein schönes neues Kleid, fertig. Oh nein! Ooooh nein! So geht das ü-ber-haupt nicht!
Also erst mal gucken sich die Mädels im Internet fünf- bis sechshundertdrölfundvierzigbärollionen Kleider an. Das kann natürlich Wochen dauern.

Es gibt dann verschiedene Kleiderformen, A-Linie, Schlimm-Fit, Meerjungfrau, Wintätsch und noch so andere, aber da hatte ich keine Zettel mehr zum Mitschreiben. Und das ist nur die Form! Nun gehts um die Farbe. Ihr denkt vielleicht, weiß ist doch in Ordnung. Aber weiß ist doch nicht gleich weiß! Oh nein! Die armen Dinger, die den Stempel noch nicht haben, müssen sich zwischen:
Strahlend weiß, Natural White, Ivory, Pale Gold, Honey, Creme, Peach, Blush und Eisweiß entscheiden. Vielleicht wollen sie aber auch lieber ein schwarzes, rotes oder gemustertes Kleid tragen.
Nun haben sie vielleicht schon die ideale Form gefunden, die ihre Figur gut umschmeichelt, die Farbe ist auch endlich gewählt. Aber was ist mit Schleier? Diadem? Schuhen? Schlüpper? Fragen über Fragen.

Ich, als Bär könnte es verstehen, wenn dann schon die Ersten aufgeben und einfach so, friedlich und in Liebe und ohne neues Kleid mit dem Partner zusammenleben wollen. Steuer hin oder her. Bei den hohen Preisen für das Kleid spielt da die Steuer auch keine große Rolle mehr.

Aber nein, die Frauen geben nicht auf, nun gehts in die nächste Phase. Die Bilder im Internet sind wunderschön, ist klar, Modells mit sonnengebräunter Haut, entspanntem Gesichtsausdruck und kaum Speck auf den Rippen sehen immer toll aus. Die können anziehen was sie wollen.

   Nun kommt diese Fernsehserie ins Spiel.
Deutet einen Trommelwirbel an.
Scheitert, weil Plüschtatzen kaum Geräusche machen.

   Um nun mal endlich so ein Kleid in echt anzuprobieren, ziehen die Mädels los. Meistens in Gruppen, damit es noch schwieriger wird, mit der Auswahl[22]. Dabei sind die beste, die zweitbeste und die drittbeste Freundin, die Trauzeugin, die Schwiegermutter, die Mutter, die Oma, die Tante, die Schwester, die Nachbarin, die Tochter, die Cousine dritten Grades, die Postbotin und manchmal auch der beste Freund.

   Aber niemals, schreibt Euch das bitte auf, niemals der Bräutigam! Das bringt nämlich furchtbares Un-

---

[22] Frauen schonen sich nicht bei so was. Die ziehen das durch!

glück, wenn der das Kleid vorher sieht! Vielleicht auch, weil er mit dem Preis nicht einverstanden wäre.

Die Damen betreten nun voller Vorfreude den Brautausstatterladen und werden freundlich begrüßt. Es gibt Sekt für alle und die Stimmung ist erwartungsfroh. In dem Laden gibt es Unmengen an Kleidern, die der zukünftigen Braut entgegen wabern. Spätestens bei diesem Anblick würde ich als Bär schreiend die Flucht ergreifen, vielleicht beim Rausrennen noch die angebrochene Sektflasche mitnehmen, aber dann nichts wie raus!

Aber nein, im Gegenteil, die Wangen röten sich bei den Mädels vor Freude auf die Kleiderauswahl und den kostenlosen Sekt.

Wisst Ihr, was mir dabei unter Anderem aufgefallen ist? Ich versuche ja, mich in die Menschen hinein zu versetzen, also geistig, um all das zu verstehen, was in ihnen vorgeht. Also, wenn ich eine Frau wäre, die ein weißes Kleid anprobieren will, warum ziehe ich mir dann einen schwarzen BH[23] an?

---

[23] Für meinen plüschigen Freunde, denen man zuhause nicht alles erklärt: BH ist so ein Ding, damit die Brüste bei Frauen nicht durch die Gegend schaukeln. Das hält die Dinger in Form. Könnt Ihr günstig in Spanien auf Märkten kaufen, manchmal drei Stück für 10 Bäros.

Das sieht furchtbar aus, sagt Mama auch. Aber vielleicht sind wir hier auf dem Lande in Friesland auch nicht immer auf dem letzten Stand der Mode. Das Ganze wird nur noch von den schwarzen, verfusselten Socken übertroffen, die manchmal unter dem Traumkleid hervorblitzen.

In manchen Läden darf die Braut selber schauen, welches der Kleider ihr gefällt. Ich wäre da völlig überfordert, soviel Tüll, Spitze, Glitzersteinchen, Seidensatin und Polyester, da lädt sich mein Fell schon allein bei dem Gedanken daran statisch auf. Manchmal macht auch die Ladenbesitzerin eigene Vorschläge, weil es schon die hundertste Braut ist, die eigentlich, „Was ganz Schlichtes" möchte, aber dann dem Traum vom Prinzessinnenkleid mit 50 Meter Glitzerstoff und Straßsteinchen[24] erliegt.

Die Begleitdamen, die bereits gemütlich in den zerbrechlichen, zartrosa Sesselchen ihren Sekt trinken, begutachten nun jedes Kleid, in dem die zukünftige Braut aus der Umkleidekabine tritt.

Nun kommt endlich das, was ich schon die ganze Zeit sagen wollte. Das, was mich dazu brachte, nun endlich

---

[24] Haha, die Rechtschreibprüfung schlägt, „Strafsteinchen" vor.

mit meinem neuen Buch, das Ihr nun in Euren Händen haltet, anzufangen, Weil, was nun passiert, ist für mich das Unverständlichste, was ich beim Beobachten der Menschen jemals erlebt habe!

Verzichtet gleich auf den Trommelwirbel, bringt ja eh nix mit den weichen Tatzen.

Die zukünftige Braut entschwebt der Kabine, alle Damen verziehen ihre Gesichter und fangen gleichzeitig an zu heulen. Das Kleid, bei dem alle am lautesten weinen, das wird gekauft!

Beobachtet seine Leserschaft.

Ich sehe, Ihr seid sprachlos. Ja, so gehts mir auch immer, wenn ich das sehe!

Ich habe nun schon einige dieser Sendungen verfolgt. Es war immer das Gleiche. Die Mädels kommen aus der Umkleidekabine. Sie drehen sich vor dem Spiegel, sie streichen zärtlich über den Rock, sie gucken, wies von hinten aussieht, sie zuppeln am Ausschnitt rum. Aber sobald das allgemeine Geheule losgeht, haucht die Braut, „Das ist mein Kleid." Dann schniefen alle wie verrückt. Glaubt nicht, dass auch nur eine mal ein hübsches Taschentuch dabei hätte. Nein, da wird sich diskret am Ärmeln oder mit bloßen Händen der Schnodder abgewischt.

Ja, Mama, jetzt kannst du ruhig entsetzt gucken. So ist es doch! Bär muss die Dinge beim Namen nennen! Die vorausschauende Brautausstatterin reicht extra feine Papiertaschentücher aus einer rosa glitzernden Schachtel herum. Auch, damit ihre guten Kleider und die zarten Sesselchen nicht noch mehr versaut werden.

So, nun ist mir leichter ums Plüschherz.

Das musste ich wirklich mal loswerden.

In manchen Läden wird dann noch symbolisch an einer Glocke geläutet. Ich kann mir vorstellen, warum. Damit die Braut zu Hause nicht auf die Idee kommt, den Kauf wieder rückgängig zu machen, weil sie den weißen Glitzerfummel im Internet für die Hälfte des Preises gesehen hat.

Das symbolische Glockengebimmel ist so ne Art von abergläubischer Kundenbindung. Ich durchschaue das natürlich alles mit meinen schon leicht verschrammten Glasaugen. Das kommt natürlich vom vielen Waschen in der Waschmaschine. In die muss ich immer nach meinen Reisen. Aber es geht ja nun nicht um meine Befindlichkeiten.

Schnäuzt sich kurz aber kräftig seine Plüschnase.

In ein kariertes, frisch gebügeltes Herrentaschentuch!

Nachtrag: Wenn unsere heimischen Mädels nicht tagtäglich in verlotterten Jeans rumlaufen würden, sondern sich auch mal zur Abwechslung mitten in der Woche ein hübsches Kleid anziehen würden, dann könnten sie viel öfter Tränen des Glücks bei ihrem Anblick im Spiegel vergießen. Auch ohne rosa glitzernde Pappschachtel, einfach nur so.

Viele Bären mit denen ich dieses Thema an langen Stammtischabenden beim Bier besprochen habe, sind übrigens der gleichen Meinung.

Je weiter ich auf meinen Reisen nach Osten fuhr, desto geschickter kleideten sich die Frauen. Auch die älteren Damen sahen wesentlich besser gekleidet aus als hierzulande.

Und Mädels, kommt mir nicht mit dem Argument, Hosen sind ja so praktisch. Vielleicht noch beim Radfahren, aber sonst, quark.

Bereitet sich auf einen shitstorm vor. Sucht seinen Schirm und seinen Regenponcho.

***

Mein Rezept gegen Fernweh

Ich schreibe zwischendurch schnell was auf, bevor ich das wieder vergesse. Bitte entschuldigt meine Schmierklaue. Ach? Sieht man doch gar nicht, sagt Mama. Sie ist so schlau.

Als es irgendwann hieß, auf Reisen sollte man besser verzichten, blieben wir selbstverständlich zu Hause und hofften, damit der blöden und mediengeilen Carola aus dem Weg zu gehen. Nun blieben wir zwar von ihr verschont, bekamen aber schlimmes Fernweh! Und das ist außerordentlich schmerzhaft.

Besonders dann, wenn sie dir im Fernsehen zeigen, wie schön es gerade in diesem Augenblick auf den Kanalinseln ist. Also auf Jersey, Guernsey, den Scilli Inseln und wie sie alle heißen, den sogenannten Inseln der Queen.
Ob die überhaupt weiß, wie viele Inseln sie hat?

Die liegen zwischen England und Frankreich und werden vom warmen Golfstrom verwöhnt[25].

Da liegst du nun als Bär auf der Couch, und alle deine Reisepläne sind gerade wie Seifenblasen in der Luft zerplatzt. Genau dann zeigen sie dir die Inseln der Queen! Und du denkst, da wollte ich schon immer mal hin, genau da!

Alles ist dort so romantisch, so viele herrliche Gärten, wie bei Rosamunde Pilcher, Palmen, weiße Strände und das blaue Meer, und die reizenden, kleinen verwinkelten Häuschen, das milde Klima, der ewige Frühling, das entzückende nostalgische Geschirr, aus dem sie ständig ihren Tee trinken, diese reizenden Menschen mit ihren drolligen Eigenheiten, und und und...

Als Bär spürst diesen Schmerz da, wo die Menschen ihr Herz haben, oder auch den Magen, so genau weiß ich das nicht, was die da alles haben. Bei mir gibts ja innerlich nur Plüsch, Baumwollgemisch und Granulat. Auf jeden Fall spürst du so ein leichtes Ziehen in dieser Gegend. Fernweh. Ganz schlimm.

Nun rappelst du dich mühsam hoch, fängst an ganz unverbindlich auf den einschlägigen Reiseportalen nachzuschauen, wie man denn da überhaupt hinkommt

---

[25] Sucht seinen Föhn.

auf diese Inseln. Mmmh, da wird es schon kompliziert. Vielleicht mit dem Flugzeug, oder besser mit der Fähre anreisen? Na, das wird schon irgendwie gehen, die sommerlich gekleideten Gäste mit den entspannten Gesichtsausdrücken da auf dem Bildschirm sind ja auch irgendwie dahin gekommen. Das mit der Anreise werden wir später klären. Sollen wir ein Hotel suchen, eine nette Pension oder lieber Bed & Breakfast bei einer der reizenden, älteren, englischen Dame machen?

Ups, Donnerwetter, die Preise sind ja gesalzen, da auf den von der Sonne verwöhnten Inseln. Ach was soll es, lesen wir erst mal Bewertungen. Die guten kannst du gleich vergessen, wir lesen immer nur die schlechtesten. Darin steckt die Wahrheit und nichts als die Wahrheit! Die guten kann man kaufen.

Ha! Oh oh...
Stirnrunzel.

Die herrlich verwinkelten Hotels und Pensionen sind schon mal ganz furchtbar. Die Gäste stolpern ständig durch schlecht beleuchtete Gänge, und verirren sich natürlich jeden Abend auf der Suche nach ihrem Zimmer. Von Labyrinthen wird sogar geschrieben! Mmmh, klingt ja wie ne Geisterbahn.

Die Zimmer sind viel zu klein! Und so altmodisch, wie bei Großmama! Ein Gast hatte ein Gartenzimmer, das Zimmer war wohl sehr schön, aber – ständig gehen Menschen dort vorbei! Und gucken auch noch ins Zimmer hinein! Frechheit! Im Schlafzimmer gab es Teppichboden. Ach herrjeh, Teppichboden! Das will man gar nicht wissen, wer sich da alles drauf tummelt.

Außerdem war der romantische Garten doch arg vernachlässigt, völlig verwildert! Vielleicht war Frau Pilcher auch gerade im Urlaub, irgendwo in einer modernen Apartmentsiedlung, wo sie mal vom Blumengießen Urlaub machen konnte.

Der versprochene Pool hatte auch schon bessere Tage gesehen. Außerdem sei viel zu viel Chlor drin gewesen, oder auch viel zu wenig, und deswegen war er grün von den vielen Algen. Die armen Kinder hatten entzündete Augen nach dem Schwimmen. Ein Anderer findet die Lage seines Zimmer fürchterlich, drei Etagen musste er hoch laufen! Zu Fuß! Und oben angekommen stieß er sich seinen Kopf dauernd an den Balken! Dauernd!

Also, nach dem ersten Mal hätte er sich das merken können, dass da Balken sind, oder? Außerdem hörte er das Schnarchen der Gäste aus dem Nebenzimmer. Ohropax hätte ihm geholfen, gehört auf jeden Fall ins Reisegepäck. Genau wie Klebeband, Hammer, Schrauben, Nägel und Klopapier.

Oder, hier noch so eine schlechte Bewertung.

Der Gast kommt mit keinem Fahrzeug direkt bis zum Hotel. Mit keinem! Na, das ist ja romantisch, der Gast muss also seinen überdimensionierten Rollkoffer selber über das so malerische Kopfsteinpflaster zerren. Furchtbar, da ist der Urlaub doch zu Ende, bevor er überhaupt angefangen hat.[26] Und natürlich beschweren sich die anderen Gäste über das Gefluche des ankommenden Gastes und die Kofferzerrgeräusche. Oder, es gibt kein Telefon im Zimmer, was soll der hilflose Gast tun im Notfall? Rufen? Rauchzeichen geben? Sich selber ein Pflaster auf den Finger kleben? Wo sind wir denn? Im Mittelalter?! Ist das nicht sogar illegal, kein Telefon im Zimmer zu haben? Vom funktionierenden Internet ganz zu schweigen.

Oh mein Gott, Urlaub mitten im Paradies und kein Internet. Kannste vergessen. Was willste denn da machen ohne Internet? Vielleicht den Urlaub und die Ruhe einfach mal nur genießen? Ach nee, geht ja nicht, wegen der scheppernden Rollkoffer auf dem malerischen Kopfsteinpflaster. Und dann das Klopapier! Das schlechteste Papier, das man überhaupt kaufen kann, schreibt ein vierlagenverwöhnter Reisender. Hallo?

---

[26] Wir waren mal in der Türkei in einem Hotel, da gab es im Außenbereich extra angelegte Wege, auf denen die Koffer gerollt werden konnten. Die waren so konzipiert, dass das Kofferrollen keinerlei Geräusch verursachte. Seufzt. Ach ja, die Türkei.

Seid froh, dass es überhaupt Klopapier gab! Ich könnte Euch da Sachen von Toiletten erzählen. Nein, Mama macht mir ein Zeichen, das gehört nun nicht hierher.

Macht sich Notizen zum „Thema Klos in fremden Länder" in einem sehr geheimen Notizbuch.

Die Handtücher sind so alt wie das Bettzeug und die Kissen![27] Diese Aussage habe ich nicht verstanden. Aber, dass der Wasserdruck schlecht ist, das ist ein echter Skandal! Das ist eindeutig ein Fall für den internationalen Gerichtshof für Menschenrechte! Die Dame konnte sich wegen des fehlenden Wasserdrucks ihre Haar nicht waschen. Das hätte mir nichts ausgemacht, Fell waschen ist völlig überbewertet. Aber Damen sehen das anders, kenne ich.

Und immer wieder beschweren sich die Menschen über das furchtbare Frühstück: das Obst war aus der Dose! Tja, das geht natürlich wirklich nicht. Obst aus der Dose. Auch hier empfehle ich die Reise in ein Land, wo es Orangen- und Zitronenbäume, sowie Bananenplantagen in Pflückweite gibt. Und immer sind die Angestellten so unfreundlich, wollen einfach nicht helfen. Niemals und keinem Gast! Außerdem lesen die Hotelmanager ihre Emails nicht, in denen der Gast seinen Urlaub gerade spontan abgesagt hat, weil er keine Lust, keine Zeit, kein Geld, oder sonstige Gründe fürs

---

[27] Die Kissen sind immer zu hart, zu weich, zu schmuddelig, zu groß und zu klein.

Nichterscheinen angab. Auf die entsprechende Bestätigung wartet der Gast seit Wochen.

Manchmal geht auch plötzlich keine Fähre auf die Insel, nur weil es Niedrigwasser, Hochwasser, Sturm, einen Tsunami, oder alles auf einmal gab! Wir wollen unser Geld zurück! Sofort! Mit Zinsen! Ich wundere mich, dass es überhaupt noch Menschen gibt, die in der Tourismusbranche arbeiten[28] und dabei auch noch Spaß haben.

Ich könnte hier noch lange weiterschreiben, mindestens drölfundvierzig Seiten könnte ich mit gruseligen Bewertungen füllen. Will ich aber nicht.

Als erfahrener Reisebär lasse ich mich nach diesen erschütternden Berichten erschöpft auf mein heimisches Sofa zurücksinken. In die Kissen mit genau dem richtigen Weichegrad und der richtigen Größe für meinen Plüschkopf. Ziehe die angenehm leichte Decke über meine erkühlten Füße. Ich blicke verträumt in unseren herbstlichen, gepflegten Garten. Versuche an Mama vorbei zu blicken, wie sie verzweifelt versucht, die vielen Blätter im Sturm zusammen zu harken.

Bitte meinen Bruder Chulio[29] den Vorhang etwas zuzuziehen, damit ich das nicht mit ansehen muss. Ich bitte meinen lieben Bruder Örli, mit einem kleinen

---

[28] Winkt zu seinem Freund Paul!
[29] Chulio ist der, der immer so schön die spanischen Schnulzen singen kann.

Tatzenzeig, um eine Tasse Tee, vielleicht mit einem kleinen Keks, hübsch auf einem Tablett arrangiert.

„Haben wir noch von diesen leckeren Waffelkeksen mit Zitronencreme, Örli? Aber nur, wenn es dir keine Umstände macht. Ach, und Örli, nimm bitte diese entzückende romantische Teetasse, die Mama neulich für mich bemalt hat.

Örli macht das immer ganz reizend und fürsorglich, by the way.

„Ach, und Örli, wenn du die Heizung etwas höher stellen könntest, das wäre so lieb von dir. Nur so ein kleines Grad wärmer, danke dir, mein Guter."

„Ja, Örli, danach kannst du gern auch mal für ein Stündchen in unser funktionierendes Internet. Aber lies besser nicht diese furchtbaren Bewertungen. Das bekommt dir nicht."

„Ach wie lieb von dir, dass du fragst Örli, ja, dieser Schmerz in meiner Baumwollmischungsgegend lässt schon deutlich nach."

Liebe Freunde, wenn sich auch bei Euch das Fernweh einstellt, lest einfach die schlechtesten Bewertungen in den Reiseforen. Das hilft. Danach seid Ihr bald geheilt und wisst Euer Zuhause wieder zu schätzen. Zumindest für eine kurze Zeit. Ich schließe nur mal kurz meine Augen und träume von den Kanalinseln.
Versucht nicht zu schnarchen.

***

Rügen? Ich wars nicht!

Rügen, aha.
Versteckt sich in seinem geheimen Versteck unterm Tisch.

Bitte nicht verraten. Ich wars nicht. Das war alles schon so!
Guckt unschuldig. Kickt irgendwelche Scherben unter den Schrank.

Ach so, es geht gar nicht um mich. Sie wollen mich gar nicht rügen. Ist eigentlich ein schönes Wort, „rügen", sagt man selten heute.
Kommt unterm Tisch hervor.

Die Insel heißt so: Rügen. Da wollen wir nun hin. Toll, da war ich noch nicht. Rügen ist noch in Deutschland. Weil wir nun lieber erst mal in Deutschland bleiben wollen. Da kann uns die Carola nicht erwischen. Die wohnt, so wie ich das verstehe immer kurz hinter der Grenze. Nicht hinter einer bestimmten Grenze, nein hinter allen Grenzen. Manche der Urlauber bringen sich die mit, als Souvenir. Wahrscheinlich anstelle von Kühlschrankmagneten oder Ansichtskarten.

Wo war ich? Ach ja, auf Rügen. Oder besser noch vor Rügen.

Wenn du nach Rügen willst, musst du total weit nach rechts fahren, also nach Osten. Dann, wenn sie nicht gesperrt ist, gehts über die Brücke und schon bist du auf Rügen. Oder gleich im ersten Stau, je nach Jahreszeit.

Bevor ich das nachher vergesse, denkt immer dran wenn Ihr auf Rügen seid, rechtzeitig zu tanken, weil es im Westteil der Insel so gut wie keine Tankstellen gibt. Und auch nur wenige Einkaufsmöglichkeiten oder Bäckereien. Wenn man das erst am frühen Morgen merkt, weil man ein Ferienhaus gemietet hat, wo man sich selber verpflegen muss, dann guckt man ziemlich bedrabbelt auf den leeren Frühstückstisch und fährt mal eben locker zwanzig Kilometer mit knurrendem Magen, um frische Brötchen zu holen.

Wenn der Urlaub zu Ende ist, weiß man dann wo alles ist. Darum heißt es auch, Reisen bildet.
Guckt sehr gebildet.

Aber Ihr seid ja schon deshalb schlau, weil Ihr mein Buch lest und Euch die wichtigen Sachen mitschreibt. Macht Ihr doch, oder?
Kurzer Kontrollblick.

Falls Ihr zu einer Zeit nach Rügen fahrt, in der auch die Mücken noch leben, dann...
Trommelwirbel!

...dahann, nehmt unbedingt die größte Dose von Mückenabwehrspray mit, die Ihr auftreiben könnt!

Das ist kein Spaß, oh nein, die Mückenstiche, die sich meine Mama gleich am ersten Tag der Urlaubswoche zugezogen hat, waren schon sehenswert.
Ich erspare Euch die Einzelheiten, aber sie hat wirklich sehr, wenn auch ohne zu klagen, gelitten.

Die Mücken müssen schon mit Besteck in der Hand und mit Servietten um den Hals, vor der Tür des Ferienhauses auf sie gewartet haben.
Kichert albern weil er das Bild vor Augen hat und lustig findet.

So, das waren ein paar nützliche Tipps. Schreibt Euch das bitte auf. Nicht das hinterher einer kommt und meint, das hätte Bruci uns auch sagen können!

Rügen ist traumhaft schön. Jeder Punkt der Insel ist in kurzer Zeit zu erreichen, zumindest mit dem Auto. Zu Fuß weiß ich nicht, ich lauf eher selten. Aber ich hab viele Menschen mit Fahrrädern gesehen, sehr viele. Bären gar nicht.

Vor der Reise hat Mama nochmal das Buch von Elizabeth von Arnim gelesen, „Elizabeth auf Rügen, ein Reiseroman", der 1904 veröffentlicht wurde. Ja, das ist sehr lange her, aber unbedingt lesenswert! Herrlich, wie die Schriftstellerin von ihrer Reise in einer Pferdekutsche durch Rügen berichtet. Zusammen mit ihrer Zofe bereist sie in sehr gemächlichem Tempo die Insel und beschreibt ihre Erlebnisse mit feinem Humor. Kein bisschen altmodisch ihre Schilderungen. Notiert? Gut. Sonst warte ich noch mit Weitererzählen.

Überall ist auf Rügen Wasser drumherum, entweder Bodden, also flaches Küstengewässer oder die Ostsee. Ach so, und wenn Ihr nicht so gerne Fisch esst, fahrt besser gleich woanders hin, nach Texas oder Argentinien oder so.

Auf allen Speisekarten gab es überwiegend Fisch im Angebot. Manche boten auch Seniorenteller an, aber das finde ich nicht in Ordnung. Die darf man nicht essen, Kinder auch nicht.

Vor dem rasenden Roland, von dem alle sprechen und der in allen Reiseführern erwähnt wird, hatte ich ein wenig Angst. Ich kenne drei Roländer, einer steht in Bremen auf dem Marktplatz und hat sehr spitze Knie.

Der Zweite steht in Riga und ist etwas kleiner, aber auch aus Stein. Der Dritte ist mein guter Freund Roland[30], aus Fleisch und Blut, aber der ist ein sehr ausgeglichener Mensch, und rast nicht hektisch über die Insel und erschreckt dabei gutaussehende Plüschbären.

Dann sah ich ihn endlich, Roland den Rasenden! Es ist eine Dampflokomotive wie in den guten alten Zeiten der Eisenbahn. Mit richtigem Dampf! Manche Waggons sind schon fast einhundert Jahre alt. Und die fahren immer noch. Fast so alt wie Mama.
Rennt schreiend weg.

Natürlich habe mich gefragt, warum er überhaupt Roland heißt, weil er doch ein Zug ist, und nicht so ein Typ aus Sandstein und dabei ganz still steht.

Weil der Name Roland für Schutz und Sicherheit steht, und die Passagiere fühlen sich wohl immer sehr gut und sicher aufgehoben im Zug. Das „rasende" war

---

[30] Winkt zu seinem Freund Roland!

dann wohl eher ironisch gemeint, weil er gerade mal 30 Kilometer in der Stunde schafft.

Die wunderbarsten Torten gibt es übrigens in Putbus, im Rosencafé. Man sitzt so wunderschön dort. Das einzige Problem ist es, eine Auswahl bei den herrlichen Torten zu treffen. Aber auch da helfen die freundlichen Bedienungskräfte. „Wir teilen Ihnen gern die Stücke, so dass Sie mehrere probieren können!". Ich glaube, den Satz, „Oh, ich kann mich gar nicht entscheiden!", haben die Damen an der Kuchentheke schon sehr oft gehört. Aber immer wieder antworten sie mit erfrischender Herzlichkeit, auf diese immer gleiche Aussage der überforderten Gäste.

Kennt Ihr das, wenn Ihr irgendwo sehr angenehm sitzt, das Wetter ist genau richtig, nicht zu heiß und nicht zu kalt, der Kaffee ist hervorragend, die Bedienung ist aufmerksam, die Torte ist die Beste seit langer Zeit, der Blick schweift in einen großen Park, die Rosen blühen und verströmen einen lieblichen Duft, wenn das alles auf einmal passiert, das nennt man glaube ich flow[31].

---

[31] Hab ich mal in einer Sendung über Psychologie gesehen. Solche Momente sollte man in seinem Gehirn speichern, um sie immer wieder abrufen zu können, bei Bedarf.

An dieser Stelle meinen Dank an Wilhelm Malte den I. Fürst zu Putbus, der hat die Stadt 1810 geplant. Der Fürst Malte hat jeden, der in Putbus ein Haus erwerben wollte dazu verpflichtet, vor seinem Haus einen Rosenstock zu pflanzen. Das wird bis heute umgesetzt, deshalb wird Putbus auch die Rosenstadt genannt.

Wenn Ihr schon in Putbus seid, müsst Ihr Euch unbedingt das Badehaus Goor anschauen. Das ist gleich um die Ecke. Also einfach rechts abbiegen und dann seid Ihr schon da. Beim Thema Badehaus war ich erst nicht so begeistert, weil das meinem Fell nicht zuträglich ist und mir auch keiner erklärt hat, was ein Badehaus ist.

Aber dann stellte sich das ehemalige Badehaus als ein sehr mondänes Hotel heraus. Dort im Innenhof kannst du als Bär oder Mensch einen ganzen Tag sitzen und alle Probleme der Welt vergessen. Während du zum Beispiel gemütlich einen Eisbecher löffelst, oder nur zu Test- und Vergleichszwecken die Torte dort probierst.

Andererseits gab es auch einen Ort auf Rügen, der so schrecklich war, wie ich mir das niemals hätte vorstellen können! Den „Koloss von Prora" nennen sie den riesigen Betonkomplex direkt an der Ostsee. Ich weiß gar nicht, wie ich Euch das erklären soll, was ich da gesehen habe.

Versucht sich in Erklärungen.

Ihr kennt ja alle so ganz normale Häuser, Ihr kennt Hotels, Ihr kennt auch große Hotels. Und wahrscheinlich kennt Ihr auch sehr große Hotelanlagen. Ich kann mir vorstellen, dass Ihr bei den Worten „sehr große Hotelanlagen" schon leicht zusammengezuckt seid. Stimmts?

Aber diese Anlage, die einmal als große Erholungsanlage gebaut wurde, war dafür gedacht, bis zu 20.000 Menschen gleichzeitig zu beherbergen. Dieser Betonklotz, „der Koloss von Prora", war ursprünglich 4,5 km lang. Mittlerweile ist der Gebäudekomplex immer noch 2,5 km lang und liegt parallel zur Ostsee.

Wer sollte sich denn da erholen?, fragt Ihr, die Ihr vielleicht mehr zum Individualtourismus neigt. Tja, da sind wir schon im dunkelsten Kapitel unserer deutschen Geschichte angelangt. Mama hat es versucht mir zu erklären.

Der Mann, der sich das ausgedacht hatte, hieß Adolf Hitler und hatte die Idee, dass sich hier an der Ostsee möglichst viele Menschen erholen sollten.

Was hätte er denn davon gehabt, hab ich gefragt? War der Arzt, oder was? Nee, ganz im Gegenteil, sagte Mama. Er war ein größenwahnsinniger Mensch, der mit allen Ländern Krieg angefangen hat. Er glaubte, dass nur Menschen gut sind, die blond und blauäugig seien.[32] Wenn dann alle von der guten Ostseeluft profitiert hätten, würden sie wieder gut erholt nach Hause fahren und bekämen kleine blonde Babys mit blauen Augen, je mehr Babys desto besser.

Mmmh, bis dahin klingt es für mich noch nicht so schlimm. Babys sind immer gut, egal welche Farbe die haben, weil Haare sind meist auch noch nicht dran und die Augenfarbe kann auch noch wechseln.

Aber, sagt Mama, wenn man Kriege führen will, braucht man dafür sehr viele Leute zum Kämpfen. Jedenfalls damals war das so. Heute reicht schon ein unbedachter Knopfdruck auf einen Buzzer oder eine bekloppte Twitternachricht, um einen Krieg zu beginnen. *Versteht das alles nicht.*

Dieses „Kraft-durch-Freude-Seebad" entstand in erstaunlich kurzer Zeit von 1936 bis 1939, mit Hilfe von bis zu 9000 Arbeitern und Zwangsarbeitern.

Aber genutzt wurde es dann für seinen vorgesehenen Zweck gar nicht, weil schon wieder ein Krieg dazwischen kam. Mittlerweile kann man sich dort Eigen-

---

[32] Ach du Schreck! Ich bin mittelbraun und habe schwarze Glasaugen!

tumswohnungen kaufen. Aber lasst die Finger davon, der Blick auf die Ostsee ist mittlerweile schon nicht mehr möglich, die Bäume und Kiefern versperren die Aussicht.

Wenn Ihr mehr über diesen riesigen Betonbau und die Hintergründe erfahren wollt, empfehle ich Euch die Dauerausstellung „MACHTUrlaub"[33] direkt dort vor Ort, die ist wirklich sehenswert.

Wenn Ihr Euch den Film in dieser Ausstellung angesehen habt, werdet Ihr sehr nachdenklich sein und einige erschreckende Übereinstimmungen zu unserer heutigen Zeit finden. Niemand sollte jemals vergessen, welches entsetzliche Unrecht in dieser Zeit geschehen ist.

Mein Tipp, die Ausstellung möglichst am frühen Vormittag besuchen, und dann am Nachmittag etwas sehr Harmonisches und Angenehmes unternehmen, um wieder fröhlich zu werden.

Wo ich an dieser Stelle wieder in Putbus das Rosengarten-Café empfehle[34].

***

---

[33] Ist kein Schreibfehler, sondern soll auf die Macht des Führers hinweisen.

[34] Wenn das Buch fertig ist, werde ich denen im Café ein Exemplar schicken. Mit der Hoffnung auf freies Tortenessen lebenslang.

Rübenmus und Schweinebacke

Das klingt wie die Titelgeschichte in einer von diesen hochglänzenden Lifestyle Magazinen, die Mama nie kauft, weil die ihr zu teuer sind.

Ich blätter da manchmal heimlich im Supermarkt drin rum. Aber ganz vorsichtig, wirklich, ich mach da so gut wie keine Knicke rein! Manchmal war das aber schon so mit den Knicken, das machen nämlich viele Menschen genau wie ich, hab ich schon beobachtet.

Die Bilder der Menüs sind darin sehr dekorativ fotografiert, aber im wirklichen Leben sieht das dann meist enttäuschend anders aus[35]. Außerdem hat man selten die erforderlichen exotischen Zutaten, in diesen unbedingt erforderlichen, homöopathisch geringen Mengen, im heimisch verklebten Gewürzregal. Die eingesaute Küche und die genervte Köchin werden dort auch nie gezeigt. Da stehen nur hübsch frisierte, lässig gekleidete Models, und die grinsen auch noch frech

---

[35] Außer bei meinem Freund Woody! Da siehts auch immer toll aus.

in die Kamera, also ob sie das alles selber gekocht hätten.

War aber wahrscheinlich eine pfiffige Praktikantin, die auf eine Festanstellung hofft. Der heimische Mitesser wird auf den Hochglanzseiten auch nicht gezeigt, der brummelt, „Mmmh, schmeckt interessant. Brauchste nicht wieder zu machen."

So, das musste mal gesagt werden. Das ist das wahre Leben!

Kennt das wahre Leben.

Worauf ich eigentlich hinaus wollte: Wir sind in Schleswig-Holstein, genauer gesagt in Kappeln an der Schlei. Kennt Ihr nicht? Kannte ich vorher auch nicht. Zum Rübenmus komme ich später noch.[36] Ich liebe diesen Ortsnamen, Kappeln-an-der-Schlei, man kann ihn so herrlich verdrehen. Schlappeln an der Kai, Trappeln mitten im Mai...

Ich soll mich lieber konzentrieren, sonst wird das Buch niemals fertig, sagt Mama!

Kappeln an der Schlei, das hätte ich mir auch nicht träumen lassen, dass wir mal hierher fahren würden, nach all den weiten Auslandsreisen, die ich schon gemacht habe. Aber hier ist es wirklich sehr entspannend, die Landschaft ist hügelig und immer sieht bär

---

[36] Kann mich da nachher einer dran erinnern, falls ichs vergesse?

irgendwo Wasser. Ich verstehe hier auch jedes Wort, die Kappelner sprechen genau wie ich, wenn ich denn auch mal zu Wort kommen würde. Nee, war Spaß, sie sprechen sehr klares Hochdeutsch, sagen aber nicht viele Worte hintereinander, also in einem längerem Satz zum Beispiel. Eigentlich bestehen manche Sätze auch nur aus einem Wort. Aber genau das eine Wort sitzt und trifft die Sache auf den Punkt. Aber das stört mich nicht, sinnloses Geschwätz kostet nur Zeit. *Kichert.*

Ich denke gerade an den Werbeslogan, den eine Werbeagentur sich für das Land Niedersachsen mit vielen Bäros gut hat bezahlen lassen. Der Slogan steht nun gut sichtbar auf den Schildern an der Autobahn, wenn Ihr nach Niedersachsen kommt. Was steht da drauf, wollt Ihr wissen?

Niedersachsen. Klar.

Nee, mehr nicht, nur die beiden Worte.

Niedersachsen. Klar.

Boah, auf so was muss man erst mal kommen. Klar.

Wo war ich? Ach ja, an der Schlei. Viele denken, an der Schlei?, dann ist die Schlei bestimmt ein Fluss, würde ja Sinn machen.

Nun lernt Ihr wieder was von Eurem Bruci, der so was Tag und Nacht recherchiert. Die Schlei ist kein Fluss sondern ein Meeresarm, der ins Land hinein-reicht. Hier ist nämlich auch wieder die Ostsee, die liegt rechts von Schleswig-Holstein. Links von Schleswig-Holstein spülen melodisch die Nordseewellen an den Strand. Mitten durchs Land haben sie sogar einen Kanal gebuddelt, damit die Schiffe nicht immer ganz außen rum fahren müssen. Und, wie heißt der Kanal, na? Na?

Wartet auf die richtige Antwort.

Richtig, der Nord-Ostsee-Kanal! War nicht schwer oder?

Auch da haben wieder Zwangsarbeiter mitgearbeitet. Wahrscheinlich waren sie nicht freiwillig dabei, aber sicher wurden sie schlecht bezahlt und nur notdürftig untergebracht nach der Arbeit.

Habe gerade nachgelesen, die Kosten für den Kanalbau und die Kriegsflotte wurden mit der Schaum-Wein-Steuer finanziert. Das hat sich im Jahr 1909 Kaiser Wilhelm der I. ausgedacht.

Pro Flasche Schaumwein musste diese Steuer abgeführt werden. 1933 wurde die Steuer wieder abgeschafft, aber schon 1939 wieder eingeführt.[37] Ob Ihr es glaubt oder nicht, diese Steuer gibt es immer noch. Im Jahr 2019 betrugen die Einnahmen daraus 377 Millionen Euro.

Na dann, auf die Gesundheit!

Rülpst dezent.

---

[37] Ist so ähnlich wie gerade mit der Maskenpflicht.

Was bär nicht alles tut, um so ein Buch mit Leben zu füllen.

Trocknet mal schnell die Tastatur vom Schaumwein.

Wie bin ich denn nun auf den Schaumwein gekommen? Ach so, über den Kanal. Wegen der Schlei, der kein Fluss ist, sondern ein Meeresarm. Bär könnte auch sagen Fjord. Eine kleine Insel mit einem Lotsenhaus darauf schließt die Schleimündung ab, aber die Ostsee hat es schon geschafft, an der Insel zu nagen und wieder durchzubrechen. Am Ende des Inselchens gibt es einen winzig kleinen, grün-weißen Leuchtturm. Außerdem steht hier noch die „Giftbude", die einzige Kneipe der Welt, die auf einer Seekarte verzeichnet ist. Keine Sorge, dort kann man sich nicht etwa zollfrei und straffrei Gift besorgen. Nein, das Wort „Gift" steht für „etwas bekommen" und Bude ist klar.

Ist eben ne Bude. War leider geschlossen als ich da war, ich kann Euch also nicht berichten, wie es drinnen aussah. Nur noch soviel:

Ich stelle mir vor, ich wäre ein Bär, der gerade die Welt umsegelt hätte. Mit einer einzigen Tatze, ist klar.[38] Nun käme ich also nach drei Jahren Weltumseglung wieder nach Hause. Mit richtig großem Hunger

---

[38] Ehrlicherweise muss ich gestehen, dass ich nie verstanden habe, was ein Einhandsegler ist. Klingt aber voll cool.

auf was heimatlich Herzhaftes, gerne auch Fisch, und furchtbarem Durst auf was frisch Gezapftes. Vergesst mal für einen Moment, dass ich kein Verdauungssystem habe. Ist nur so ein Gedankenspiel, um die Dramatik der Geschichte zu erhöhen.

Nun wäre ich also mit meinem Segelboot kurz vor Kappeln, nach drei Jahren Weltumseglung, eintatzig, und da guck ich so auf meine schon arg mitgenommene Seekarte, und sehe da die „Giftbude" verzeichnet. Die erste Kneipe nach drei Jahren! Hurra!

Keine Ahnung, wie ich das überhaupt geschafft hätte, mit der Weltumseglung, der einen Tatze und der langen Zeit, aber egal. Ich lege also seebärisch erfahren am Anleger an, klettere mit weichen Plüschbeinen aus meinem treuen Segelboot, das auch schon mehrfach von Haien attackiert wurde, man sieht überall noch die Schrammen... Mama schickt mir einen mahnenden Blick, ich solle mal nicht zu sehr übertreiben! *Reißt sich zusammen und kommt zurück in die Wirklichkeit.*

Nun stehe ich also vor der Giftbude und was sehe ich?

Sie hat zu.

Geschlossen.

Na toll. Genau das ist uns passiert, im touristisch noch sehr attraktiven Monat Oktober, bei herrlichstem Wetter, mitten in der Woche. Klar, wir kamen nicht nach drei Jahren Weltumseglung an, es war nur ne knappe Stunde von Kappeln mit einem komfortablen Ausflugsdampfer, aber irgendwie war es doch enttäuschend.

Die anderen Restaurants in Kappeln liegen überwiegend in Sichtweite des Hafens und bieten, Ihr ahnt es schon, Fischgerichte an. Für den Fall, dass Ihr bisher überwiegend in einer bekannten Restaurantkette Euren Fisch gegessen habt, oder mehr auf die Fischstäbchen von Käpten Blaubär steht, hier in Kappeln solltet Ihr wenigstens einmal frischen oder geräucherten Fisch probieren. Dazwischen liegen wirklich Welten.

Träumt von einer Weltumseglung. Ohne Haiangriffe.

Was es denn nun mit dem Rübenmus auf sich hat?

Das hat Mama sich bestellt, als sie nach drei oder vier Tagen erst mal genug vom Fisch hatte. Rübenmus wird aus Steckrüben gemacht. Ich hab mal eine Umfrage gemacht, entweder lieben die Menschen Steckrüben oder sie mögen die überhaupt nicht. Dazwischen gab es nichts. Mama gehört nun zu denen, die sie lieben, aber selber nicht kochen, weil sie die Einzige in diesem Haushalt ist, die das mag. S. o.

Schweinebacke ist genau das, wonach es sich anhört, Schweinebacke eben. Jedes Schwein hat zwei Bäckchen, also die im Gesicht, und wenn der Metzger die vorsichtig herauslöst, und der Koch sie gut würzt und zubereitet, dann schmecken die sehr lecker.

Mama hat Schweinebacke vorher noch nie gegessen und war begeistert. Rübenmus und Schweinebacke, das klingt sehr lustig finde ich.

Wir überlegen uns schon die ganze Zeit, welchen Titel dieses Buch haben soll. „Rübenmus und Schweinebacke" ist mein Favorit, aber Mama winkt ab. Das würde einige potentielle Leser verschrecken. Na gut, wir suchen weiter. Ist gar nicht so einfach. Wenn Ihr das Buch gerade jetzt in den Händen haltet, wird es bereits einen Titel haben. Aber so könnt Ihr auch mal miterleben, wie schwierig dieses Bücherschreiben sein kann.

Sehenswert in Kappeln ist auch die Windmühle, ich denke mal, dass sie ein Mädel ist, weil sie „Amanda" heißt, 1888 wurde sie gebaut. Also eigentlich schon eine ältere Dame, aber gut in Schuss, wie Mama.

Im ersten Stock findet Ihr die Touristenformation. Die ortskundige, nette Dame dort hat uns geholfen, die Strände zu finden, an denen es die Steine gibt, die Mama immer zum Bemalen braucht. Für Menschen die gerne Steine suchen ist die Ostsee das wahre Paradies. Andere lieben es vielleicht teure Autos, Armbanduhren, schöne Kleider, Bären oder Briefmarken zu sammeln. Mama kann sich für Steine begeistern!

Jeder ist Bärollionen von Jahren alt, und wurde von weit her während der Eiszeit, hier an den Strand geschoben, und keiner ist wie der Andere.

Manche sehen wie versteinerte Figuren aus und andere haben Löcher und werden „Hühnergötter" genannt. Ihr wollt natürlich sofort wissen, warum die so genannt werden. Nach der Legende heißt es, dass Hühner mehr Eier legen, wenn man ihnen so einen Stein an die Stange im Hühnerstall hängen würde.

Ich kann das nicht nachprüfen, wir haben keine Hühner. Wir hängen sie an einer Schnur auf, und freuen uns einfach darüber, also die Steine, nicht die Hühner. Eier kaufen wir meist im Supermarkt.

Gar nicht drum herum kommt man um die Klappbrücke in Kappeln, im wahrsten Sinne des Wortes. Hier müssen alle drüber fahren, es sei denn sie nehmen einen langen Umweg in Kauf. Klappbrücken sind genauso schrecklich, wie sich das anhört. Denn das Ding klappt auf und dann rutschen alle, Fußgänger, Radfahrer, Autos und Busse rechts und links von der Brücke. Ist natürlich Unsinn, ich wollte nur mal wieder etwas dramatisieren.

Die Brücke ist innerhalb von zwei Jahren gebaut worden und seit 2002 in Betrieb, ohne irgendwelche Zwischenfälle. Wenn Ihr Segler seid oder einen Ausflugsdampfer steuert, dann merkt Euch „Viertel vor". Denn immer um ein Viertel vor der vollen Stunde wird die Brücke hochgeklappt, um die wartenden Boote und Schiffe durchzulassen. Für diejenigen unter Euch, die mit „Viertel vor" nichts anfangen können, die Brücke klappt um „Dreiviertel irgendwas" hoch. Ist aber im Prinzip genau das Gleiche. Ganz wichtig, wenn Ihr durch wollt, müsst Ihr eine blau-weiße Flagge sichtbar gehisst haben. Ein blau weißes Küchenhandtuch genügt auch zur Not.

Für den Fall, dass Ihr sehr starke Nerven habt und gern Sciencefiction-Filme guckt, dann traut Euch mal kurz nach Sonnenuntergang als Fußgänger auf die Brücke. Wenn dann im grellen Scheinwerferlicht die Brückenteile langsam hochgehen, und die quietschenden und krächzenden Geräusche durch die Dunkelheit hallen, dann fehlen eigentlich nur noch die feindlichen Außerirdischen für das perfekte Gruselgefühl. Hab ich mir erzählen lassen, ich bin natürlich im kuscheligen Hotel[39] geblieben! Bin doch nicht wahnsinnig!

Wenn ich Euch nun wegen der Klappbrücke verunsichert habe, dann fahrt besser nach Arnis. Das ist die kleinste Stadt Deutschlands. Sie hat weniger als 300 Einwohner, wie viele Plüschbären dort wohnen konnte mir niemand sagen. Für Rückmeldungen wäre ich aber sehr dankbar!

---

[39] Schlei Hotel, leicht zu merken. Es hat uns prima gefallen! Winkt!

Weil mir das eben beim Korrekturlesen keine Ruhe gelassen hat, hab ich nochmal recherchiert, warum die Arnisser sich damals von Kappeln losgesagt haben.

Der Gutsherr Detlef von Rumohr wollte 1666, dass alle Kappelner seine Leibeigenen werden. Aber damit waren 65 Familien aus Kappeln nicht einverstanden, und haben auf der Halbinsel Arnis ihre eigene Stadt gegründet. Einfach so. Kappeln bekam seine Stadtrechte erst viel später. „Stadtluft macht frei!", das bedeutet, dass ein Städter automatisch kein Leibeigener mehr sein kann und viele Menschen zogen deshalb vom Lande in die Städte.

Sehr spannend, das mit den Arnissern. Denn wer will schon Leibeigener sein? Ich frage mich gerade, ob ich nicht auch ein Leibeigener bin? Das klingt doch so ähnlich wie Sklave, oder? Ich hab mal meine Rechte und Pflichten rausgesucht. Als Leibeigener darf ich von hier nicht wegziehen, okay, das will ich auch gar nicht. Ich bin ja froh, dass ich hierher gekommen bin, damals aus China.

Wo soll ich denn auch sonst hin? Schnell zur nächsten Frage, bevor ich sentimental werde. Bin ich hier zu Frondiensten verpflichtet? Das waren die Leibeigenen nämlich früher. Dazu gehörte es die Landwirtschaft zu pflegen und zu ernten.

Guckt nachdenklich in den Garten. Sieht Mama immer noch mit den Blättern kämpfen.

Nein, ich helfe schon mehr oder weniger freiwillig bei der Gartenarbeit. Pflügen ist aber schwierig für mich, weil ich zu klein für die herkömmlichen Gartengeräte bin. Mit dem Ernten sähe es schon besser aus, da kann ich mal helfen. Ich hab auch schon mal Johannisbären geerntet!

„Ja, Mama, ich komme gleich, ich muss nur noch was über Leibeigenschaft schreiben!"

Ich wäre zum Pflügen und Eggen verpflichtet gewesen. Außerdem hätte ich Spanntiere und Zugtiere bereithalten müssen, falls meine Gutsherrin mal welche gebraucht hätte.

Prüft in Gedanken seine Brüder auf ihre Eignung zu Zugtieren. Chulio ist schon recht gut gefüllt, also mit Granulat.

Heiraten wäre mir auch nicht ohne die Zustimmung meiner Gutsherrin erlaubt.

Versucht durch die nicht vorhandenen Zähne zu pfeifen.

Pffff......

Ha, heiraten will ich schon mal gar nicht. Ich verweise auf das Kapitel „Zwischen Tüll und Tränen". Bringt doch für mich als Bären nichts. Ich mach ja auch keine Steuererklärung. [40]

---

[40] Ich hoffe, ich kriege nun keine Schwierigkeiten mit irgendwelchen Ämtern.

Als Leibeigener hätte ich zwar einen bescheidenen Wohlstand, aber kein Vermögen erwerben dürfen. Also werde ich weiter Bücher schreiben müssen.
Versteckt seine Bäros in einem geheimen Versteck unterm Schrank, in dem auch manchmal sein Schal liegt.
Schreibt das bitte nicht auf! Das ist geheim.

Oh, noch so ein schrecklicher Punkt, man hätte mich züchtigen dürfen, aber andererseits hätte ich auch Anspruch auf eine bescheidene Schulbildung gehabt. Wahrscheinlich nur Rechnen bis 100 und Lesen auf Level A. Gezüchtigt werde ich hier nun wirklich nicht. Na ja, nur ab und zu kommt mal ein böser Blick, aber das zählt nicht, denke ich. Höchstens, dass ich manchmal im Flugzeug im Gepäckablagefach liegen muss. Aber das halte ich schon irgendwie aus.
Guckt weinerlich.

Die Stadt Arnis ist auch flächenmäßig die kleinste Stadt, um mal wieder auf das Wesentliche zurückzukommen. Gerade mal etwas weniger als einen halben Quadratkilometer braucht sie. Die Hauptstraße ist sehenswert mit den kleinen, liebevoll dekorierten Häusern und den Gärten.

Hier in Arnis habt Ihr auch die Möglichkeit mit einer winzigen Fähre auf die andere Seite der Schlei zu kommen. Natürlich nur, wenn Ihr keine Angst auf so einer kleinen Fähre habt. Mama sagt, ich sei ein richtiger Angstbär!

Mamas Lieblingsstrand befindet sich übrigens westlich von Maasholm beim Gut Oehe. Vielleicht lag es auch an der Jahreszeit, alles war so ruhig und friedlich an diesem Herbsttag. Das bunte Laub raschelte unter meinen plüschigen Füßen, die hohen Eichen bildeten den perfekten Kontrast zum Horizont der Ostsee. Der große, völlig freie Parkplatz versprach und hielt es auch, einen menschenleeren Strand. Ein Strand natürlich mit den herrlichsten Steinen und das bei angenehmem Wetter.

Ganz früher, also damals, als wir noch mit dem Flugzeug irgendwo hinflogen, war das mit dem Steine sammeln nicht so einfach. Sammeln ging schon, aber spätestens am Flughafen gabs dann schon mal Probleme, weil die Kontrollmenschen dort das Risiko nicht eingehen wollten, dass meine Mama den Piloten mit einem extra großen Stein von hinten erschlagen würde. Sie hatte das niemals vorgehabt, niemals!

Wenn Ihr Euch in Kappeln alles angeguckt habt oder wenn es mal stundenlang regnet, kann ich das Museum Schloss Gottorf in Schleswig empfehlen. Für diejenigen unter Euch, die sich für Malerei, Kunsthandwerk, Grafik, Skulpturen, vom Mittelalter bis heute interessieren, ist es genau das Richtige. Wenn Ihr wissen möchtet, wie die Menschen ganz früher gelebt haben, hier wird es sehr anschaulich dargestellt. Sogar Moorleichen werden gezeigt. Mich hat es ja erst einmal gegruselt, aber die Präsentation ist wirklich sehr einfühlsam gemacht und man kriegt viele Hintergrundinformationen, auch warum man den Toten noch Sachen ins Grab mitgegeben hat. Es wird auch erklärt, wofür die Toten diese Sachen im Grab denn gebraucht haben könnten.

Ich fand es furchtbar, wie sie damals den armen Ötzi[41] splitterfasernackt einfach so zur Schau gestellt haben. Hallo?! Das ist auch einmal ein lebendiger Mensch gewesen, der hat doch auch ein Recht auf seine Menschenwürde und eine angemessene Totenruhe, oder etwa nicht? Nur weil er schon so lange Zeit tot im Gletscher lag, heißt das doch nicht, dass man ihn einfach so nackich irgendwo ausstellen darf.

Die Moorleichen hier in der Ausstellung liegen im Halbdunkel in einer Vitrine, und sind in ihrem Intimbereich diskret mit einem Tuch bedeckt worden. Außerdem werden sie im Zusammenhang mit der Lebensweise der Menschen gezeigt, die hier früher in dieser Gegend zu Hause waren.

---

[41] Ötzi wurde 1991 in den Südtiroler Alpen gefunden. Sein Alter wird auf 5300 Jahre geschätzt.

Nach den vielen Vitrinen und Kunstgegenständen, die Ihr da gesehen habt, braucht Ihr bestimmt wie wir eine Pause.

Das Bistro im Schloss Gottorf liegt in einem Kellergewölbe, gleich wenn ihr rauskommt, rechts, und es hat auch sehr leckere Torten. Nehmt die mit der dicken Schokoschicht, falls Ihr Euch nicht entscheiden könnt!

Ach, und dann das noch: Genau in diesem Café spitzte meine Mama mal wieder ihre Ohren. Nicht, dass sie neugierig ist, aber manchmal kann sie gar nicht anders, als zuzuhören, was am Nebentisch gesprochen wird. Trotz Abstand. Das Erste was ihr auffiel, war die Sprache der Dame. Mamas Eindruck war, das klingt polnisch. Dann, nein, es klingt eher russisch, oh, nun klingt sie plötzlich englisch, oder aber auch etwas dänisch? Mamas Ohren wurden immer größer. Nun fragte der Mann am Nebentisch die Dame etwas auf Deutsch, die antwortete nun ebenfalls auf Deutsch, aber nicht so ganz deutsch, irgendwie anders deutsch...

Ha, und da hatte Mama die Lösung. Es war jiddisch. Spannend.

Hatte ich noch nie was von gehört. Weil ich noch zu jung bin, sagt Mama. Sie wusste immerhin, dass die Sprache etwas mit den Juden zu tun hat. Dann haben wir zu Hause nachgelesen, was es mit dem Jiddischen auf sich hat.

„Jiddisch ist eine Sprache ohne Land, die überall auf der Welt gesprochen wird. Es ist die wichtigste Volkssprache der in Mittel- und Osteuropa beheimateten oder von dort stammenden Juden".[42]

Wenn Ihr mal so nachdenkt, kennt Ihr bestimmt diese Worte, die aus dem Jiddischen kommen:

Mischpoke = Verwandtschaft, üble Gesellschaft[43]

Schickse = leichtlebige Frau, Nichtjüdin

meschugge = nicht bei Verstand, verrückt

Tacheles = unverhüllt, ohne falsche Rücksichtnahme seine Meinung sagen

Reibach = durch Manipulation erzielter, unverhältnismäßig hoher Gewinn bei einem Geschäft

Kaff = kleiner, langweiliger Ort

Chuzpe = Unverfrorenheit, Dreistigkeit;

Schlamassel = unangenehme, verfahrene Lage.

Was man alles lernt auf Reisen. Ich bin froh, dass ich immer mein Notizbuch dabei habe.

„Nun sprach die Mischpoke in dem Kaff endlich Tacheles. Was willst Du mit dieser Schickse? Nur wegen dem Reibach? Bist wohl meschugge? Was für eine Chuzpe!" Haha, hab ich mir gerade ausgedacht, die kleine Geschichte.

---

[42] Quelle: Wikipedia
[43] Stand bei Google!

Was nun Herr Held?

Wenn ich das wüsste, ich bin ja nur Bärologe. Mal sehen wie es weitergeht mit der Carola.

Vielleicht werde ich nun doch mal in den Garten gehen und schaun, wie weit Mama mit dem Blätter harken ist. Sie müsste ja bald mal fertig sein. Ich könnte ihr auch aufmunternd auf die Schulter klopfen, das wird sie freuen, denke ich.

Plüscht mal vor die Tür. Fröstelt. Geht wieder rein.

Vielleicht vervollständige ich auch noch die Notizen in meinem geheimen Notizbuch. Wenn ich es denn wiederfinde.

In diesem Sinne, meine lieben Freunde.
Bleibt schön gesund, passt auf Euch
und Eure Lieben auf.
Bleibt plüschig.
Alles wird gut, Bärenwort!
Euer Bruci

Diese Bücher von Bruce Held sind bisher erschienen:

Stierbekämpfer und Bärnsteinsucher (2011)
Bruce – zwischen Schneeschippen und Blätterharken
ISBN-13 : 978-3842359185
In Andalusien spielt Bruce mit dem Gedanken Stierbekämpfer zu werden. Die spanischen Señoritas würden ihn sicher mit Rosen bewerfen - glaubt er. Oder soll er doch lieber Flamencotanzbär werden?
In Polen entdeckt er seine Schwäche für Reiseführerinnen. Während der beschwerlichen Busreise nach Danzig schüttelt es ihm das Granulat ziemlich durcheinander.
Bei Freund Carlo in Dänemark verpasst er um Plüschhaaresbreite Königin Margarethe.
Wieder zuhause kündigt sich bereits die nächste Reise an. Ambärika!

Bruce entdeckt Amerika (2012)
ISBN-13 : 978-3848206452
Bruce entdeckt Amerika. Oder, wie er es nennt, Ambärika! Beim Einchecken am Flughafen gibt es schon die erste Aufregung! Warum hat Tante Elki ein Messer dabei? Ist sie eine Terroristin?
Seiner scharfen Beobachtungsgabe entgeht nicht, dass seine Mama neben den amerikanischen Frauen eher blass aussieht. Und, dass in den Kirchen der Bär steppt. Und, dass das mit der amerikanischen Freundlichkeit mit dem ewigen Sonnenschein zusammen hängen muss. Und, dass ältere Menschen sich hier lieber einzäunen lassen. Und, dass sich gepflegte Wohnviertel plötzlich in Geisterbahnen verwandeln. Bruce hat keine Zeit, über all das nachzudenken, er schreibt erst einmal alles in sein Notizbuch.

Von Dromedaren und Derwischen (2013)

ISBN-13 : 978-3732237111

Bruce reist in die Türkei, nach Kappadokien. Er gruselt sich in unterirdischen Städten, und versucht zu tanzen wie ein Derwisch. Weiche Schale und weicher Kern, das zeichnet Bruce aus.

Aber bei den Verkaufsveranstaltungen während der Rundreise bleibt er knallhart. Keine Lederjacke kann ihn reizen, und Goldketten würden in seinem zotteligen Fell nicht gut aussehen.

Die Herzlichkeit der Türken rührt jedoch seine Plüschseele. Nun hofft er, dass sein kleines Dromedar bald geliefert wird.

Angezahlt ist es schon. Glaubt er.

Ein Bär schreibt mit! (2016)

ISBN-13 : 978-3839147535

Bruce schreibt mit.

Vor spanischen Fahrkartenautomaten, in polnischen Fahrstühlen, in marokkanischen Reisebussen, in dänischen Eisdielen, bei türkischen Apothekern, immer hat Bruce sein Notizbuch dabei, um sich alles zu notieren und darüber später in Ruhe nachzudenken.

Selbst nach anstrengenden Reisen hat er noch Zeit, sich über das Familienleben der Kellerasseln in seinem Garten Gedanken zu machen.

Bruce- Held ohne Hose! (2018)

ISBN-13 : 978-3748109839

Helden brauchen keine Hosen und Bruce schon gar nicht. Er begleitet seine felllosen Menschen auf ihren Reisen und notiert sich dabei alles, was ihm auffällt. Um darüber später noch gründlich nachzudenken, oder sich mit dem Schreiben zuhause erfolgreich vor dem Blätter harken zu drücken. Mit dem Verkauf seiner Bücher möchte er reich werden und sich dann einen Porsche kaufen. Was noch sehr lange dauern kann.

Wieso Frauen für das Kofferpacken soviel Zeit brauchen bleibt ihm ebenso rätselhaft, wie das plötzliche Verschwinden einer ganzen Stunde in Bulgarien.

Im spanischen Bergland erlebt er mitten in der Nacht die aufregendsten Stunden seines Bärenlebens. Aber es bleibt ihm keine Zeit zum Erholen. Mit einem geschenkten Gaul geht es nach Prag und in Ungarn begeistert er sich für Pferde, Paprika, die Puszta und natürlich Piroschka.

Bruce Held - Ein Bär packt aus:
Die schönsten Reisegeschichten (2012)
Audio CD – Hörbuch

ISBN-13 : 978-3000385575

Bisher hatte Bruce mit dem Bücherschreiben alle Tatzen voll zu tun. Dann lernte er durch Christian Kraus einen Seelenverwandten kennen: den Schauspieler Wolfram Fuchs. Beide verstanden sich auf Anhieb und Wolfram Fuchs wurde zu Brucis Stimme. Der Gitarrist Harald Schönecker wurde ebenfalls für das Projekt begeistert und gibt mit seinen Gitarren-Miniaturen der Aufnahme eine weitere Dimension.

Geeignet für alle Bären, die besser hören als lesen können.

***